# O retorno de ARSÈNE LUPIN

*Maurice Leblanc*

# O retorno de Arsène Lupin

Tradução
Bruno Anselmi Matangrano

TriCaju

Traduzido do original em francês
*Le retour d'Arsène Lupin/Une aventure d'Arsène Lupin/Le pardessus d'Arsène Lupin*

Texto
Maurice Leblanc

Tradução
Bruno Anselmi Matangrano

Revisão
Fernanda R. Braga Simon

Diagramação
Linea Editora

Produção editorial e projeto gráfico
Ciranda Cultural

Design de capa
Ana Dobón

Imagens
elwynn/Shutterstock.com;

Texto publicado integralmente no livro *O retorno de Arsène Lupin*, em 2021, na edição em brochura pelo selo Principis da Ciranda Cultural. (N.E.)

**Dados Internacionais de Catalogação na Publicação (CIP) de acordo com ISBD**

L445r Leblanc, Maurice

O retorno de Arsène Lupin / Maurice Leblanc ; traduzido por Bruno Anselmi Matangrano. - Jandira, SP : Tricaju, 2021.
128 p. ; 15,5cm x 22,6cm. - (Clássicos da literatura mundial)

Tradução de: Le retour d'Arsène Lupin - Une aventure d'Arsène Lupin - Le pardessus d'Arsène Lupin
ISBN: 978-65-89678-06-9

1. Literatura francesa. 2. Romance. I. Matangrano, Bruno Anselmi. II. Título. III. Série.

2021-460 CDD 843.7
CDU 821.133.1-31

**Elaborado por Vagner Rodolfo da Silva - CRB-8/9410**

**Índice para catálogo sistemático:**
1. Literatura francesa : Romance 843.7
2. Literatura francesa : Romance 821.133.1-31

1ª edição em 2021
www.cirandacultural.com.br

# SUMÁRIO

# O SOBRETUDO DE ARSÈNE LUPIN

Com as mãos às costas, o pescoço enfiado em sua jaqueta e todo o seu ávido rosto crispado pela reflexão, Jean Rouxval media com um passo rápido seu vasto gabinete de ministro, em cujo umbral o chefe dos oficiais aguardava suas ordens. Uma ruga preocupada marcava sua testa. Escapavam-lhe gestos trêmulos traindo essa agitação extrema que nos abala em certos minutos dramáticos da vida.

Detendo-se de repente, disse com uma ênfase decidida:

– Um cavalheiro e uma dama de certa idade se apresentarão. O senhor os fará entrar no salão vermelho. Depois, virá um cavalheiro sozinho, mais jovem, que o senhor conduzirá à grande sala. Eles não podem nem se falar nem se ver, está bem? E venha me avisar na mesma hora.

– Está bem, senhor ministro.

A personalidade política de Jean Rouxval se apoiava sobre fortes qualidades de energia e inteligência laboriosa. A guerra, da qual havia participado desde o início, para vingar seus dois filhos desaparecidos e sua esposa morta de desgosto, havia lhe conferido um senso – por vezes excessivo – de disciplina, de autoridade e de dever. Em todos os negócios aos quais os acontecimentos se misturavam, tomava sempre para si a maior responsabilidade possível. Em virtude disso, concedia a si mesmo o máximo possível de direitos. Amava seu país com uma espécie de frenesi contínuo, que lhe mostrava como justos e permitidos atos frequentemente arbitrários. Tais razões lhe valiam a estima de seus colegas, mas certa desconfiança, que suscitava o exagero de suas qualidades. Temiam sempre que ele arrastasse o gabinete para complicações inúteis.

Olhou seu relógio. Vinte para as cinco. Ainda havia tempo de dar uma olhada no dossiê do temível caso que lhe provocava tal ansiedade. Mas, nesse momento, soou o toque do telefone. Ele o tirou do gancho. Desejavam falar com ele diretamente da presidência do Conselho.

Aguardou. Por bastante tempo. Enfim, a comunicação foi estabelecida, e ele replicou:

– Sim, sou eu, meu caro presidente.

Escutou, pareceu contrariado e pronunciou com um tom um pouco amargo:

– Meu Deus, senhor presidente, vou receber o agente que acaba de me enviar. Mas o senhor não acha que sozinho eu teria obtido as certezas que buscamos...? Enfim, já que insiste, meu caro Presidente, e já que esse Hercule Petitgris é, em suas próprias palavras, um especialista em matéria de investigação, ele assistirá ao inquérito que preparei... Alô...? O senhor tem razão, meu caro presidente, tudo isso é extremamente grave, sobretudo por causa de alguns rumores que começam a circular... Se não chegar a uma solução imediata, e a verdade confirmar nossos temores, será um escândalo terrível e um desastre para o país... Alô... Sim, sim, o senhor pode ficar tranquilo, meu caro presidente, farei o impossível para resolver... E resolverei... É preciso...

Algumas palavras ainda foram trocadas, depois Rouxval desligou o telefone e repetiu entre dentes:

– Sim... É preciso... É preciso... Tamanho escândalo...

Refletia sobre os meios que lhe permitiriam resolver tudo quando teve a sensação de que alguém se encontrava perto de si, alguém que buscava não se fazer notar.

Ele virou a cabeça e ficou paralisado. A quatro passos se erguia um indivíduo com um semblante bastante miserável, aquilo que chamamos de um pobre-diabo, e o tal pobre-diabo tinha seu chapéu à mão, segundo a humilde atitude de um mendigo em busca de um centavo.

– O que o senhor está fazendo aqui? Como entrou?

– Pela porta, senhor ministro... Seu oficial estava ocupado conduzindo umas pessoas ora à direita, ora à esquerda. Eu passei direto.

O indivíduo baixou a cabeça respeitosamente e se apresentou:

– Hercule Petitgris... "o especialista" que o senhor presidente do Conselho acaba de lhe anunciar, senhor ministro...

– Ah, o senhor escutou...? – perguntou Rouxval, irritado.

– O que o senhor teria feito em meu lugar, senhor ministro?

Era um ser magricela e lamentável, cuja expressão triste, os cabelos, o bigode, o nariz, as bochechas magras, os cantos da boca caíam melancolicamente. Seus braços desciam com lassidão ao longo de um sobretudo esverdeado que parecia não lhe caber nos ombros. Exprimia-se como se estivesse pedindo desculpas, não sem algum cuidado, mas deformando por vezes algumas sílabas, à maneira das pessoas do povo. Ele pronunciava: "sô ministro... s'oficial".

– Até escutei, sô ministro – continuou ele –, que o senhor falava de mim como um agente. Errado! Não sou agente de nadinha de nada, pois fui dispensado, na prefeitura, por "caráter insípido, embriaguez e preguiça". Estou citando o texto de minha dispensa.

Rouxval não conseguiu esconder seu espanto.

– Eu não entendo. O senhor presidente do Conselho o recomendou a mim como um homem capaz, dotado de uma lucidez desconcertante.

– Desconcertante, sô ministro, é bem a palavra, e é por isso que esses guardas querem me usar nos casos que ninguém resolveu ou poderia resolver, e fazendo vista grossa aos meus pequenos hábitos. O que o senhor queria? Não sou um trabalhador. Adoro beber quando dá na telha, e tenho um fraco por apostar nas cartas. Quanto ao caráter, isso não conta. Simples bobagem. Ficam me repreendendo por ser vaidoso e insolente com meus empregadores, não é? E então? Quando eles se atrapalham e eu vejo claramente, não tenho o direito de lhes dizer isso e de rir um tiquinho? Veja, sô ministro, mais de uma vez recusei dinheiro para manter o direito de cair na gargalhada. Eles ficam tão engraçados nessas horas! Olhando torto...!

Em sua expressão caída, abaixo de seus bigodes melancólicos, o canto esquerdo da sua boca se retorceu em um sorrisinho silencioso, que descobria um canino desmesurado, um canino de uma besta feroz. Durante um segundo ou dois, isso lhe deu um ar de uma alegria sardônica. Com tamanho dente, aquela figura devia morder forte.

Rouxval não tinha medo de ser mordido. Mas seu interlocutor não lhe dizia nada de bom e teria se livrado dele de pronto se o presidente do Conselho não o tivesse imposto com uma tamanha insistência.

– Sente-se – disse, com um tom rude. – Vou interrogar e confrontar entre si três pessoas que estão aqui. Caso o senhor tenha alguma observação a fazer, deve me comunicá-la diretamente.

– Diretamente, sô ministro, e baixinho, como é meu hábito quando o supervisor se atrapalha...

Rouxval franziu o cenho. Primeiro, detestava que não mantivessem alguma distância de si. Depois, como muitos homens de ação, tinha raciocínio muito rápido e medo do ridículo. Aplicada a ele, essa expressão quanto a "trapalhadas" parecia, ao mesmo tempo, um ultraje inadmissível e uma ameaça voluntária. Mas já tocara a campainha, e o oficial entrou. Sem mais esperar, deu ordem para as três pessoas serem introduzidas.

Hercule Petitgris retirou seu sobretudo esverdeado, dobrou-o cuidadosamente e se sentou.

O cavalheiro e a dama se apresentaram primeiro. Ambos estavam de luto e tinham aparência distinta; ela, alta, ainda jovem e muito bela, com cabelos acinzentados e um pálido rosto de traços severos; ele, mais baixo, magro, elegante, com o bigode quase branco.

Jean Rouxval lhe disse:

– Senhor conde de Bois-Vernay, não é?

– Sim, senhor ministro. Minha esposa e eu recebemos sua convocação, com a qual ficamos um pouco surpresos, confesso. Mas queremos crer que ela não nos anuncia nenhum incômodo, não? Minha esposa está sofrendo bastante...

Ele a olhava com uma preocupação afetuosa. Rouxval pediu que se acomodassem e respondeu:

– Estou convencido de que tudo se resolverá da melhor forma e que a senhora de Bois-Vernay desculpará o pequeno transtorno que estou causando.

A porta se abriu de novo. Um homem de uns vinte e cinco a trinta anos avançou. Tinha condição mais modesta, pouco cuidadoso em sua apresentação, e sua fisionomia, embora simpática e agradável, trazia sinais de decadência e cansaço que ofuscavam aquele ser jovem e de ombros largos.

– O senhor é Maxime Lériot?

– Sou eu, senhor ministro.

– O senhor conhece o cavalheiro e a senhora?

– Não, senhor ministro – afirmou o recém-chegado, observando o conde e a condessa.

– Nós também não conhecemos esse senhor – falou o conde de Bois-Vernay, ante uma questão de Rouxval.

Este deu um sorriso.

– Lamento que a entrevista esteja começando com uma declaração contra a qual sou obrigado a protestar. Mas esse pequeno erro se dissipará por si só no momento oportuno. Não vamos rápido demais, e, sem nos demorar ao que não é essencial, vejamos as coisas pelo começo.

E, servindo-se do dossiê aberto sobre a mesa, ele se voltou a Maxime Lériot e pronunciou com uma voz na qual havia alguma hostilidade:

– Começaremos pelo senhor. O senhor nasceu na aldeia de Dolincourt, na região dos rios Eure e Loire, filho de um camponês trabalhador que deu o sangue para lhe dar uma educação respeitável. Devo dizer que o senhor o recompensou amplamente com o seu trabalho. Estudos sérios, conduta perfeita, atenções delicadas para com seu pai. Em tudo o senhor se mostrou um bom filho e um impecável aluno. O recrutamento o surpreendeu nomeando-o simples soldado dos caçadores a pé[1]. Quatro anos mais tarde, o senhor já era suboficial, condecorado com a Cruz de Guerra, com cinco menções honrosas. O senhor serviu em um combate. Ao fim de 1920, o senhor se encontra em Verdun[2]. Sempre em excelente traje. Suas notas o apontam como sendo capaz de ser um bom oficial, e o senhor inclusive sonha em passar no exame. Ora, lá pela metade de novembro daquele ano, uma reviravolta. Uma noite, em uma boate de quinta categoria, depois de ter esvaziado dez garrafas de champanhe, com a cabeça confusa, ao longo de uma discussão sem motivo, o senhor saca sua espada. Alguém o detém. O senhor é levado para a delegacia, onde é revistado. O senhor traz consigo cem mil francos em dinheiro vivo. Onde o senhor conseguiu esse dinheiro? O senhor não pôde explicar.

Maxime Lériot protestou:

– Desculpe, senhor ministro, mas eu disse que esse dinheiro foi depositado para mim por alguém que quis permanecer anônimo.

– Explicação sem valor. Em todo caso, uma investigação é aberta pela autoridade militar. Que nada descobre. Mas, seis meses depois, liberado de qualquer serviço, o senhor é o centro de outro escândalo. Dessa vez, sua carteira continha quarenta mil francos em títulos da Defesa Nacional. E, ali de novo, o silêncio e o mistério.

---

[1] Os chamados "caçadores a pé" são uma divisão da infantaria do exército francês que participou ativamente da Primeira Guerra Mundial. Esse tipo de soldado é responsável por seguir à frente do corpo do batalhão, como batedores ou atiradores. (N.T.)

[2] Cidade francesa, próxima à fronteira tríplice com Luxemburgo e com a Bélgica, onde se deu entre fevereiro e dezembro de 1916 a maior batalha da Primeira Grande Guerra, conhecida como a Batalha de Verdun, na qual o exército da França se defendeu da invasão alemã. Mesmo tendo vencido, a França, assim como seu adversário, sofreu inúmeras baixas nesse conflito, incluindo mais de cem mil soldados desaparecidos ou não identificados. (N.T.)

Lériot não se deu ao trabalho de responder. Parecia considerar esses acontecimentos como totalmente insignificantes, e não se impressionou mais ante a menção de outros dois contratempos exatamente do mesmo gênero que tivera com a justiça.

– E, de novo – continuou Rouxval –, nenhuma explicação, não é? O senhor pode nos dizer como encara essa vida de devassidão que tem levado desde então? Sem emprego, sem receita declarada e, no entanto, o dinheiro escorre entre seus dedos como se a fonte fosse inesgotável.

– Tenho amigos – murmurou Maxime Lériot.

– Quais amigos? Ninguém os conhece. O bando com o qual o senhor frequenta as casas de prazer se renova constantemente e, aliás, nele só há indivíduos de má reputação que vivem à sua custa. Os agentes especiais que se ocuparam de seu caso nessa época nada descobriram, e o senhor continuou a seguir no mau caminho. Só o acaso, ou uma imprudência de sua parte, poderia se voltar contra o senhor. Foi o que aconteceu. Um dia, sob o Arco do Triunfo, não longe do túmulo do Soldado Desconhecido[3], um homem se aproximou de uma dama que todos os dias ia lá rezar e lhe disse esta frase: "Aguardo amanhã o depósito do seu marido. Avise-o, senão..." O tom era ameaçador, a atitude do homem, irritada e cruel. A senhora ficou agitada e voltou rapidamente para seu automóvel. Devo especificar que uma dessas pessoas era o senhor, Maxime Lériot, e a outra, a condessa de Bois-Vernay e que, há pouco, ambos simulavam não se conhecer?

---

[3] O túmulo do Soldado Desconhecido é um monumento inaugurado em grande pompa no dia 11 de novembro de 1920, sob o Arco do Triunfo, onde foi enterrado um corpo não identificado de um dos soldados mortos em Verdun. A tumba simboliza o conjunto de soldados que pereceram pelo país na guerra e, particularmente, aqueles desaparecidos ou cujo corpo não pôde ser identificado. O local também é conhecido como "Mármore Sagrado". (N.T.)

Rouxval, bruscamente, levantou as mãos:

– Eu lhe suplico, meu senhor – disse ao conde, que ia interromper –, nem tente negar o evidente. Isso que estou afirmando não é o resultado de deduções ou hipóteses nem a interpretação de mexericos, mas a estrita enumeração dos fatos que chegaram até mim ou que descobri por mim mesmo. Assim como o senhor, que perdeu seu filho na guerra, e a senhora de Bois-Vernay, que vai rezar todos os dias junto ao Mármore Sagrado, também *eu* perdi os meus dois e não há semana em que eu não me detenha ali para conversar com eles. Ou seja, a cena aconteceu do meu lado. Fui eu quem escutou a frase pronunciada. E foi para minha própria satisfação pessoal, sem nada saber ainda dos incidentes que acabei de expor, que me ocupei em saber quem havia falado daquela forma e quem era a vítima do que me pareceu uma chantagem.

O conde se calou. Sua esposa não tinha se mexido. Em seu canto, o policial Hercule Petitgris balançou a cabeça, parecendo aprovar a maneira como o interrogatório estava sendo conduzido. Jean Rouxval, que o observava com o canto do olho, sentia-se seguro por isso. O dente não despontava no canto da boca. Tudo se passava, portanto, da melhor forma, e ele prosseguiu, apertando cada vez mais o laço de sua acusação:

– A partir do momento em que as circunstâncias me deram a supervisão desse caso, ele mudou de figura, pela razão que se revelou a mim mais em um âmbito do que em outro. Que eu me desse conta ou não, essa lembrança dominou todos os meus pensamentos e dirigiu a investigação que fiz quase involuntariamente, sob a ordem categórica de uma intuição à qual não pude resistir. Num instante, em vez de ver em Maxime Lériot o homem de hoje, vi o soldado de antigamente. Seu passado me interessou mais do que seu presente.

Ora, instantaneamente, ao primeiro olhar lançado sobre o dossiê, duas coisas me chamaram a atenção, um nome e uma data: Maxime Lériot se encontrava em Verdun, e ele lá estava no mês de novembro de 1920. Para um pai que chora seus filhos desaparecidos, há nesse nome e nessa data alguma coisa de particular. Sua proximidade adquire um significado imediato. Se, todos os dias, a senhora de Bois-Vernay vai rezar sob o Arco do Triunfo, se lá vou eu com tanto fervor, é porque, na véspera de 11 de novembro de 1920, aniversário do armistício, aconteceu, nos subterrâneos da cidade santa, a mais solene das cerimônias. Isso bem estabelecido, como se explicava a presença, sob o Arco do Triunfo, de Maxime Lériot, suboficial dos caçadores em Verdun, em novembro de 1920? Fui me informar no local. Não foi difícil nem demorou. Seu antigo chefe de batalhão, que interroguei, mostrou-me logo o texto de uma decisão assinada por ele naquela época e cuja leitura foi para mim um faixo de luz. O condutor de um dos oito carros funerários que tinham levado, de oito pontos diferentes dos campos de batalha, os oito cadáveres não identificados entre os quais deveria ser escolhido o Soldado Desconhecido, esse condutor não era ninguém menos do que o suboficial Lériot.

Jean Rouxval bateu com o punho no dossiê, e, com o rosto crispado, todo o seu ser tenso dirigido ao adversário, recitou com uma voz baixa:

– Era o senhor, Maxime Lériot, e, na galeria subterrânea onde se passou a cerimônia histórica, entre aqueles que compunham a guarda de honra, era o senhor outra vez, Maxime Lériot. Seu heroísmo, seu renome militar, tinham feito o senhor ser eleito entre aqueles que desempenhavam um papel entre as bandeiras tricolores e as panóplias que ornamentavam as paredes da capela ardente. O senhor estava lá, e, por consequência…

A emoção interrompeu a interpelação veemente de Rouxval. Aliás, tinha uma necessidade de dizer palavras mais precisas para que adivinhassem seu pensamento secreto. Hercule Petitgris continuava balançando a cabeça com uma visível aprovação, que superexcitava o ardor e a convicção do ministro.

O antigo suboficial não soltava um pio. Como tropas sitiando o inimigo encurralado, as frases, primeiro hesitantes, depois vigorosas e lógicas, de Rouxval tinham investido contra o adversário antes que ele levantasse a guarda. O conde escutou e observou sua esposa com um ar preocupado.

Rouxval disse em voz baixa:

– Até aqui, mesmo no mais íntimo do meu ser, só havia tido pressentimentos vagos, e ainda não tivera uma suspeita nitidamente formulada. Receava compreender, e foi com esse mesmo estado de espírito temeroso, apavorado, que busquei as provas daquilo que não queria saber. Elas foram implacáveis. Vou enumerá-las em sua ordem cronológica e, brevemente, sem nenhum comentário. Elas proclamam, por si mesmas, por sua simples exposição, a série de fatos que se encadeiam e os atos que foram cometidos. Primeiro, essa aqui. No dia de Todos os Santos, depois em 3 de novembro, e nos dias 4 e 5, o suboficial Lériot, de quem eu consegui reconstituir exatamente a vida cotidiana, apresentava-se, caída a noite, em um albergue isolado, onde ele encontrou um senhor e uma senhora com os quais permaneceu em conferência até o jantar. Esse cavalheiro e essa dama tinham vindo de carro, parece, de uma grande cidade próxima onde moravam em um hotel, cujo endereço me deram. Fui até lá e pedi o registro. Do dia 1º ao dia 11 de novembro de 1920, tinham pernoitado naquele hotel o conde e a condessa de Bois-Vernay.

Um silêncio. O rosto pálido da condessa ficou pensativo. Rouxval folheou seu dossiê. Tirou duas folhas, as quais desdobrou.

– Aqui estão duas certidões de nascimento. Uma diz respeito a Maxime Lériot, nascido em Dolincourt, na região de Eure-et-Loir, em 1895. É a sua, Maxime Lériot. A outra é a de Julien de Bois-Vernay, nascido em Dolincourt, Eure-et-Loir, em 1895. É a de seu filho, senhor de Bois-Vernay. Logo, mesma origem e mesma idade, não é? Isso é ponto pacífico. Eis, agora, uma carta do prefeito de Dolincourt. Os dois jovens tiveram a mesma ama. Durante toda a juventude, tinham conservado relações de camaradagem. Foram recrutados ao mesmo tempo. Nova certeza.

Rouxval continuou a folhear seu dossiê, e ia enunciando aos poucos:

– Aqui está a certidão de óbito de Julien de Bois-Vernay, morto em 1916, em Verdun. Eis a cópia do certificado de sepultamento no cemitério de Douaumont. Aqui temos um trecho do relatório do suboficial Lériot, que recolheu "em uma trincheira, próxima à estrada de Fleury para Bras, e perto de um antigo pronto-socorro, os restos mortais ressecados, mas intactos de um soldado de infantaria desconhecido..." Enfim, aqui vemos o levantamento topográfico da região. O antigo pronto-socorro está aqui, a quinhentos metros do cemitério onde foi inumado Julien de Bois-Vernay. Fui de um ao outro. Mandei cavarem a terra: o túmulo estava vazio. O que foi feito do caixão de Julien de Bois-Vernay? Quem a roubou do cemitério de Douaumont? Quem, senão o senhor, Maxime Lériot, o amigo de Julien, o amigo do conde e da condessa de Bois-Vernay?

Nenhuma das frases de Rouxval deixava de contribuir ao estabelecimento de uma verdade cuja evidência se impunha. Todas envolviam o inimigo em argumentos irrecusáveis. Só lhes cabia se submeter.

Rouxval se aproximou de Lériot e lhe disse, olhando em seus olhos:

– Alguns pontos permanecem obscuros. É necessário esclarecê-los e conhecer, hora por hora, o que se passou nas sombras, ao longo dessa missão da qual o senhor estava encarregado? Não, certo? A sinistra aventura está inscrita, por assim dizer, nas páginas de um livro aberto. Sabemos que o caixão de seu irmão de leite foi, primeiramente, transportado de Douaumont, onde descansava em um túmulo regular, até a trincheira onde haviam enviado o senhor em busca de um combatente que não pôde ser identificado. Sabemos que o senhor o pegou lá, e sabemos que foi este que trouxe para junto dos outros no abrigo antiaéreo de Verdun. Estamos de acordo, não é? E, em seguida, para a designação suprema entre os oito Desconhecidos...

Mas Rouxval não terminou. Secou sua testa coberta de suor e precisou de certo tempo para retomar a palavra, com sua mesma entonação surda e ansiosa:

– Se ouso evocar a cena, é com dificuldade... Qualquer palavra de dúvida sobre isso é uma blasfêmia. E, no entanto, não é uma certeza em vez de uma dúvida? Ah! Que coisa atroz! Lembrou-me das instruções que foram dirigidas a um dos combatentes da guarda de honra: "Soldado, aqui está um buquê de flores colhidas nos campos de batalha, coloque-a em um desses caixões, que será aquele do soldado que o povo da França acompanhará até o Arco do Triunfo... Os senhores escutaram essas palavras. Choravam, evidentemente, como os outros, ao escutá-las. E, apesar de tudo, por uma traição monstruosa... Mas como essa traição pôde acontecer?

Como realizaram a pilantragem infame...? Não é possível que esse combatente designado ao acaso tenha lhes vendido sua escolha, nem que sua mão tenha sido guiada quando ele depositou o buquê, não é? Então...? Então...? Respondam agora!

Jean Rouxval os interrogava, mas seria possível dizer que tinha medo de ouvir a confissão. Sua ordem não tinha aquela nota imperiosa que força a verdade. Seguiu-se um longo silêncio, todo pesado de embaraço e ansiedade. A senhora de Bois-Vernay respirava sais que seu marido lhe estendia. Ela parecia muito fraca e quase desmaiando.

Por fim, Maxime Lériot desembuchou algumas explicações confusas:

– De fato, aconteceram coisas... que poderiam fazê-lo acreditar, senhor ministro... Mas há também enganos, mal-entendidos...

Incapaz de dissipar por si mesmo esses enganos e mal-entendidos, voltou-se para o conde para lhe pedir ajuda. Este olhou para sua esposa, como um homem que teme começar uma luta perigosa e que se pergunta em qual lado deve ficar. Depois, levantou-se e disse:

– Senhor Ministro, permite-me fazer-lhe uma questão?

– Claro.

– Acontece, senhor ministro, que, pela forma como o senhor conduziu esse interrogatório, estamos aqui, os três, diante do senhor, como culpados. Antes de nos defender contra uma acusação, que ainda não entendi bem, gostaria de saber em nome de que o senhor está nos interrogando e com que direito o senhor exige que respondamos.

– Em virtude, senhor – replicou Rouxval –, do meu imenso desejo de abafar um caso que, se tornado público, teria para meu país consequências incalculáveis.

– Se o caso é tal como o senhor o expôs, senhor ministro, não há nenhuma razão para crer que ele possa se tornar público.

– Há, meu senhor. Sob a influência da bebida, Maxime Lériot pronunciou algumas palavras que não foram bem compreendidas, mas que deram margem a interpretações, a rumores...

– Falsos rumores, senhor ministro.

– Não importa! Quero cortar esse mal pela raiz.

– Como?

– Maxime Lériot deixará a França. Um emprego lhe será reservado no sul da Argélia. Estou convencido de que o senhor terá todo o gosto de lhe fornecer os fundos necessários.

– E nós, senhor ministro?

– Partirão também, o senhor e a senhora. Longe da França, estarão protegidos de qualquer chantagem.

– O exílio, então?

– Sim, senhor, durante alguns anos.

O conde olhou outra vez para sua esposa. Apesar de sua palidez e de seu aspecto frágil, *ela* causava, ao contrário, uma impressão de energia e de obstinação determinada. Ela se colocou à frente e disse, resoluta:

– Nem por um dia, senhor ministro – disse ela –, nem mesmo por uma hora, eu ficarei longe de Paris.

– Mas por quê, senhora?

– Porque ele está lá, no túmulo.

A curta frase que constituía a confissão mais formal e mais terrível se prolongou em um silêncio aterrador, como um eco que repetiria, sílaba por sílaba, uma mensagem de morte e de luto. Havia na senhora de Bois-Vernay mais do que uma vontade indomável, havia nela um desafio, e como se a aceitação de um combate que simulava não temer. Nada poderia fazer com que seu filho não estivesse no túmulo sagrado e que só estivesse dormindo um sono que nenhum poder no mundo jamais perturbaria.

Rouxval apoiou a testa entre suas mãos, em um movimento desesperado. Até aquele último instante, apesar de todas as provas, conseguira manter alguma ilusão e esperar uma justificativa impossível. A confissão o arrasou.

– Então é verdade – murmurou... – Não acreditava... não admitia... São coisas além de qualquer imaginação...

O senhor de Bois-Vernay se colocou diante da condessa e lhe suplicou para se sentar. Ela o afastou, pronta para a luta, e obstinada em sua atitude provocante. Dois adversários se defrontavam, inimigos ávidos pelo primeiro golpe. O conde e Maxime Lériot se tornaram comparsas.

Tais cenas onde a tensão nervosa é levada ao limite só podiam ser breves, como um combate de espadas onde cada um, desde o início, ataca com todas as suas forças. O que realçou ainda mais a violência trágica do duelo foi que, primeiro, prosseguiu na calma e, em alguma medida, em uma imobilidade quase contínua. Sem nenhum grito. Sem cólera aparente. Simples palavras, mas carregadas de emoção. Simples frases, sem eloquência, mas que revelavam o estupor e a indignação de Rouxval.

– Como ousaram...? Como vivem com a ideia do que se passou? *Eu* teria preferido enfrentar todas as torturas a fazer isso com um de meus filhos... Parece-me que estaria lhe fazendo mal mesmo na morte... Dar assim a seu filho uma sepultura que não lhe pertence! Desviar para ele as preces, as lágrimas e todos os pensamentos secretos que são versados sobre um caixão...! Que crime abominável! Mas então não sentem isso?

Ele a contemplava, toda branca à sua frente, e, retomando com um tom mais agressivo, disse:

– Há milhares e milhares de mães e de esposas que podem crer que seus filhos ou seus maridos estão lá. Essas criaturas, tão magoadas quanto a senhora, detentoras dos mesmos direitos, foram traídas, despojadas, roubadas... sim, roubadas e roubadas sorrateiramente, por baixo dos panos.

Ela empalideceu diante da injúria e do desprezo. É claro que nunca perdera um minuto a considerar seu ato em si mesmo ou a pesá-lo para ter noção de seu valor moral. Agira com o mordaz sofrimento de uma mãe que busca reconquistar um pouco do filho que lhe fora arrancado, e, quanto ao resto, com nada se preocupou.

Ela murmurou:

– Ele não roubou o lugar de ninguém... Ele é o próprio Soldado Desconhecido... Ele está lá para os outros e representa a todos...

Rouxval segurou o braço dela. Tais palavras o exasperavam. Ele pensava em seus filhos desaparecidos, dos quais praticamente reencontrara os restos mortais no dia do sepultamento solene, e que agora recaíam no abismo insondável. Onde rezar a partir de então? Qual encontro poderia ter com as pobres almas inconscientes?

Mas ela sorria, o rosto iluminado com toda a felicidade que vibrava em si.

– Foram as circunstâncias que a gente escolheu em meio a tantas outras. O que fiz para colocá-lo lá não teria bastado se ele não houvesse em seu favor uma vontade superior à minha. O acaso poderia ter designado algum soldado que não o merecesse nem por sua vida nem por sua morte. Meu filho... Ele era digno da recompensa.

– Todos eram dignos – protestou Rouxval, com veemência. Mesmo se tivesse sido ao longo de sua vida o mais obscuro e o mais detestável dos homens, aquele que o destino escolheu teria se tornado, naquele exato momento, igual aos mais nobres.

Ela acenou com a cabeça. Seus olhos exprimiram um orgulho um pouco desdenhoso. Ela devia evocar toda a linhagem de ancestrais e de mortes heroicas que faziam de seu filho um ser à parte, mais especialmente formado para a glória e para a honra.

– Tudo está bem assim, acredite em mim, senhor ministro – disse ela –, e esteja certo de que não roubei nem lágrimas nem preces. Todas as mães que se ajoelham e que choram diante do túmulo rezam para seu filho morto. Que importa que seja o meu, se elas não o sabem?

– Mas *eu* sei – disse Rouxval –, e *elas* também podem saber! E então... Então, a senhora compreende toda a raiva que seria desencadeada, uma explosão de fúria? Nenhum delito no mundo poderia provocar mais raiva e indignação. Compreende?

Ele perdia pouco a pouco todo o controle sobre si mesmo. Execrava aquela mulher. Seu exílio lhe parecia cada vez mais o único desfecho que poderia afastar o perigo e apaziguar sua própria dor. E ele lhe dizia sem rodeios, com uma voz áspera:

– Precisam ir embora, senhora. Sua presença junto ao túmulo é um ultraje para as outras mulheres. Então, vão embora.

– Não – disse ela.

– É preciso. Ante sua partida, elas recuperarão seus direitos, e aquele que está lá voltará a ser o Soldado Desconhecido.

– Não, não, não. Isso que está me pedindo é impossível. Não viverei longe dele. Se ainda estou viva é justamente porque ele está lá, e porque vou vê-lo todos os dias, para falar com ele e escutá-lo falar comigo. Ah! O senhor não sabe o que sinto quando estou no meio da multidão! De todas as partes da França vêm pessoas com flores e juntando as mãos. E é a meu filho que elas vêm honrar! O universo inteiro desfila à sua frente. Ele é toda guerra e toda vitória. Ah! Há minutos em que um tal ímpeto de felicidade e de orgulho me engrandecem que esqueço a morte dele, meu senhor, e que é meu filho vivo quem vejo de pé sob a arcada e diante de quem meus joelhos se dobram. E o senhor me pede para renunciar a tudo isso! Seria matá-lo uma segunda vez, meu filho tão amado!

Os punhos de Rouxval se crisparam. Teria gostado de esmagar a inimiga intratável, e, sentindo que era ela a mais forte, ameaçou-a, os olhos fixos nos dela:

– Irei até o fim em meu dever... Se não partirem, juro por Deus... juro por Deus que os denuncio... Sim, irei até aí. Qualquer coisa é melhor do que deixar essa coisa monstruosa...

Ela deu um riso de deboche.

– Denunciar-me? Isso é possível? Então ousa me denunciar, meu senhor, e tornar público isso que o faz tremer!

– Até o fim em meu dever – grita ele. – Nada me deterá... Não posso viver com tal ideia... Se não vão partir, senhora, será ele, ele quem partirá... O cadáver de seu filho...

Ela estremeceu, atingida pela brutal expressão. A visão atroz daquele cadáver sendo expulso do túmulo e atirado em algum canto lhe foi intolerável. Seu rosto se convulsionou, e ela levou a mão ao peito com um gemido de sofrimento. O senhor de Bois-Vernay quis pegá-la em seus braços. Mas ela cedeu para a frente, caiu e ficou toda estendida no chão. O duelo chegava ao fim. Atingida no ponto mais profundo de seu ser, mas vitoriosa por não ter cedido, a condessa foi carregada até um divã pelo senhor de Bois-Vernay, a quem Lériot e Hercule Petitgris ajudaram. Ela sufocava. Seus dentes rangiam.

– Ah, senhor ministro – balbuciou o conde –, o que o senhor fez?

Rouxval não se desculpou. Sua natureza, que o compelia a decisões extremas quando a continha por tempo demais, não lhe permitia mais ser paciente e refletir. Em casos como aquele, pode-se dizer que saía de si. A situação lhe parecia irremediável ao ponto de não recuar diante de nenhuma solução, por mais absurda que fosse. Seria o caso de advertir o presidente do Conselho? Isso pouco importava. Precisava agir. Como a solução viera sozinha em sua mente, ele a adotou de pronto, como se o fato de agir, em um sentido ou em outro, já fosse um começo de revanche. Ele tirou então o telefone do gancho e, assim que conseguiu linha, disse, rapidamente, com uma voz ofegante:

– Sim, sou eu, meu caro presidente... Preciso falar com o senhor sem demora... Alô, o senhor só estará livre daqui a meia hora? Então que seja em meia hora. Estarei lá. Obrigado. Situação grave... decisões urgentes...

Nesse ínterim, corriam em torno da doente. Ela devia estar sujeita a esses mal-estares, pois seu marido trazia consigo um pequeno estojo de frascos. Ele retirou prontamente seu sobretudo, ajoelhou-se e cuidou dela com uma angústia que lhe apertava a garganta e tornava quase ininteligíveis as perguntas que fazia como se ela pudesse escutar.

– É seu coração, não é, minha querida...? É seu pobre coração...? Mas não vai ser nada... Você não vai sofrer mais... Suas bochechas estão mais rosadas... Asseguro que está tudo bem. Não é, minha querida?

A síncope durou alguns minutos. Quando a senhora de Bois-Vernay despertou, ao perceber Rouxval, sua primeira palavra foi uma de angústia:

– Leve-me... Vamos embora... não quero mais ficar aqui...

– Veja, minha querida, seja razoável... Primeiro, descanse...

– Não... vamos embora... não quero ficar aqui...

Houve um instante de agitação. A um pedido do conde, Maxime Lériot a pegou em seus braços e a levou. O senhor de Bois-Vernay seguia, transtornado, recolocando seu sobretudo com a ajuda de Hercule Petitgris.

Rouxval não se mexeu. Era como se a cena se passasse fora de si. Por sinal, aquelas pessoas culpadas pelo crime mais odioso não lhe inspiravam nada além de antipatia, e ele nem tomou conhecimento de que devia socorro ou piedade a uma mulher como a condessa. Com a testa colada contra o vidro de uma janela, tentava raciocinar e encontrar uma linha de conduta adaptada àquelas circunstâncias. Por que aquela visita ao presidente do Conselho? Não teria sido melhor acabar com isso e entrar em contato com a promotoria, com a justiça?

"Vamos", disse a si mesmo, "vou fazer bobagem. A qualquer custo, com sangue frio".

Decidiu ir a pé até a presidência. O ar fresco e a caminhada o acalmariam. Pegou então seu chapéu em um armário e se dirigiu até a porta.

Mas, para sua grande surpresa, ele trombou, uma segunda vez, com o senhor Petitgris, sentado em uma cadeira, perto da entrada. O oficial não havia deixado o cômodo.

– Mas como? É o senhor? – perguntou Rouxval, incomodado. – Ainda está aqui!

– Sim, senhor ministro, e não sabia direito como fazer para o senhor me fazer companhia.

Rouxval fez uma careta e ia retrucar, como o merecia aquela familiaridade chocante, quando de repente um salto o fez se levantar.

Acabava de perceber que o canino do oficial despontava à esquerda, para fora do lábio repuxado. Não teria ficado mais aturdido se algum fenômeno inesperado tivesse surgido diante de si. Ele sabia o que a aparição daquele dente afiado, muito branco, longo como um dente de um animal feroz, tinha de irônico e de impertinente.

"Minha nossa! E, no entanto, eu não fiz nenhuma trapalhada", disse Rouxval a si mesmo, empregando o mesmo termo utilizado por Petitgris.

Ele se revoltou. Um ministro, habituado como ele ao gerenciamento de pessoas e casos, não se atrapalha. Sua visão dos fatos é nítida. O caminho que escolheu leva direto ao fim, e as pequenas armadilhas onde o vulgo tropeça não encontraram seus passos. Ainda assim, ver aquele dente o incomodava. Por que aquele dente? O que significava naquele caso?

A fim de se tranquilizar, voltou a acusação contra Petitgris.

"Se um dos dois está se atrapalhando, é esse patife aí. Pois, afinal, tudo isso é tão claro! Um estudante não se enganaria."

Por mais claro que estivesse, aceitou conversar e perguntou com um tom rouco:

– Estou com pressa. O que houve? Diga.

– Dizer? Mas não tenho nada a lhe dizer, sô ministro.

– Como assim, nada a me dizer? Mas suponho que o senhor não tem a intenção de dormir aqui, não?

– Claro que não, sô ministro.

– Mas então?

– Então, estou aguardando.

– Aguardando o quê?

– Uma coisa que vai acontecer.

– Que coisa?

– Tenha paciência, sô ministro. O senhor tem ainda mais interesse em descobri-la do que eu. Não vai demorar, aliás. Alguns minutos… uns dez minutos no máximo… É isso… dez minutos…

– Mas não vai acontecer nadinha de nada! – gritou Rouxval. – As confissões dessas pessoas foram categóricas.

– Que confissões? – disse o oficial.

– Como? As de Lériot, do conde e da esposa dele.

– Da condessa, talvez. Mas o conde não confessou nada, e tampouco Lériot.

– Mas o que está contando?

– Não é conto nenhum, sô ministro, é um fato. Os dois homens não deram um pio, praticamente. No fundo, só uma pessoa ficou falando: o senhor, sô ministro.

E, sem parecer perceber a atitude ameaçadora de Rouxval, articulou:

– Um belo discurso, aliás, que saboreei como convinha. Quanta eloquência! Na tribuna da Câmara, o senhor teria feito sucesso! Ovações, destaques e todo o resto. Só que não era de modo algum o que devia ter feito! Quando se trata de dar corda para o culpado, não se enrole com discursos. Ao contrário! A gente o interroga. A gente o faz tagarelar. A gente o escuta. Aí está o que é um inquérito. O senhor acha que o oficial Petitgris se contentaria em ficar cochilando no seu canto!? Óbvio que não. O senhor Petitgris não tirou o olho de nossos dois cavalheiros, sobretudo de Bois-Vernay. E é por isso, sô ministro, que eu lhe adverti que, em oito minutos, alguém vai chegar e alguma coisa vai acontecer… Mais sete minutos e meio…

Rouxval fora vencido. Não concedia o menor crédito às predições do senhor Petitgris e àquele anúncio de uma coisa que, supostamente, ia acontecer. Mas a tenacidade daquela figura o dominava. E sobretudo aquele dente, aquele canino feroz, maligno, arrogante, enigmático... Resignou-se. Voltando ao seu lugar, martelava, com batidas nervosas, seu gabinete com a madeira de uma caneta e, de tempos em tempos, observava o pêndulo ou então espiava o senhor Petitgris.

Uma única vez este se mexeu. Foi para puxar de um bloco de notas uma folha de papel, onde escreveu rapidamente algumas linhas com a ajuda da própria caneta que Rouxval estava segurando e que ele pegou emprestada com autoridade. Dobrou em quatro aquela folha, introduziu-a em um envelope e a depositou sob um anuário mundano que jazia na extremidade do escritório. Em seguida, sentou-se. O que será que tudo aquilo queria dizer? E por qual motivo misterioso o abominável canino se obstinava a escarnecer?

Três minutos. Dois minutos. Uma cólera súbita expulsou Rouxval de sua poltrona, e o impeliu por seu gabinete, que ele começou a percorrer de novo, empurrando cadeiras e tacando longe os bibelôs dos móveis. Toda aquela história era realmente inútil. O senhor Petitgris e seu dente diabólico o deixavam fora de si.

– Psiu, sô ministro... – murmurou o policial agitando a mão. – Escute...

– Escutar o quê?

– Um ruído de passos. Veja, estão batendo...

Estavam batendo, de fato. Rouxval reconheceu a maneira discreta do oficial.

– Ele não está sozinho – afirmou Petitgris.

– Como sabe isso?

– Ele não pode estar sozinho, pois a coisa da qual lhe falei vai acontecer e ela não pode acontecer senão por intermédio de alguém.

– Mas, minha nossa, o que está em questão?

– A verdade, sô ministro. Há momentos, quando a hora chega, em que não se pode impedi-la de sair de seu poço. Ela entra pela janela se a porta estiver fechada. Mas a porta está ao alcance de meu braço, e o senhor não me proibirá de abri-la, não é, sô ministro?

O próprio Rouxval, espumando, abriu-a. O oficial colocou a cabeça para dentro.

– Senhor ministro, o cavalheiro que fora embora agora há pouco com a dama está pedindo seu sobretudo.

– Seu sobretudo?

– Sim, senhor ministro, esse cavalheiro o esqueceu, ou melhor, houve um engano.

Hercule Petitgris explicou:

– De fato, senhor ministro, percebi que um erro havia sido cometido. O cavalheiro levou meu sobretudo e me deixou o dele. Talvez poderíamos fazer o cavalheiro entrar...

Rouxval aquiesceu. O oficial saiu e, quase na mesma hora, o senhor de Bois-Vernay entrou.

A troca de sobretudos foi feita. O conde, após ter saudado Rouxval, que mal moveu a cabeça, dirigiu-se à porta e pegou a maçaneta. Mas, sob a soleira, hesitou e murmurou algumas palavras que não se podia escutar. Enfim, voltou ao meio do cômodo.

– Os dez minutos se passaram, senhor ministro – murmurou Petitgris. – Por consequência, a coisa vai acontecer.

Rouxval aguardava. Os acontecimentos pareciam se submeter às previsões do policial.

– O que deseja, meu senhor?

Após uma longa hesitação, o senhor de Bois-Vernay perguntou:

– Senhor ministro, será que planeja realmente nos denunciar...? As consequências de um tal ato seriam tão graves que tomo a liberdade de chamar sua atenção... Pense, então, no escândalo... na indignação pública...

Rouxval se enfureceu:

– Mas então, meu senhor, eu poderia agir de outro modo?

– Sim, o senhor poderia... O senhor o deve inclusive... Tudo isso deve terminar entre mim e o senhor, e de uma maneira absolutamente normal... Não há nenhum motivo para que nós não cheguemos a um acordo...

– O acordo que eu lhes propus, a senhora de Bois-Vernay não aceitou.

– Ela não, mas e eu?

Rouxval pareceu surpreso: essa distinção entre a esposa e o conde Petitgris já havia feito, pouco antes.

– Explique-se.

O conde pareceu embaraçado. Com uma atitude indecisa, fazendo pausas após cada frase, pronunciou:

– Tenho por minha esposa uma afeição que não tem limites, senhor ministro... e que me expõe a fraquezas... perigosas. Foi isso que aconteceu. A morte de nosso pobre filho a transtornou ao ponto de por duas vezes, apesar de seus sentimentos religiosos, ela se entregar a tentativas de suicídio. Isso virou uma obsessão para ela. Apesar de minha vigilância, é certo que teria chegado a executar seu atroz projeto. Foi então que recebi a visita de Maxime Lériot e que, ao longo de nossa conversa, veio-me a ideia de conceber... essa operação...

Recuava diante das palavras decisivas. Rouxval, cada vez mais irritado, objetou:

– Estamos perdendo nosso tempo, meu senhor, pois já sei em que suas maquinações culminaram. E só isso importa.

– É precisamente por somente isso importar que eu insisto – disse o senhor de Bois-Vernay. – Diante do fato de que o senhor descobriu os preparativos de um ato, o senhor concluiu muito apressadamente, e antes por apreensão, a realização deste ato. Ora, não foi assim que aconteceu.

Rouxval não compreendia.

– Não foi assim? No entanto, o senhor não protestou.

– Eu não podia.

– Por quê?

– Minha esposa teria escutado.

– Mas como a própria senhora de Bois-Vernay confessou...

– Sim, mas eu não. De minha parte, teria sido uma mentira.

– Uma mentira! Mas os fatos estão aí, meu senhor. Preciso reler o dossiê, os processos-verbais, os testemunhos que relatam o rapto do corpo, seus encontros com Lériot...?

– Mais uma vez, senhor ministro, esses fatos mostram um começo de execução, mas não a própria execução.

– O que quer dizer?

– Quero dizer que de fato houve encontros entre Maxime e nós e que ele de fato roubou o corpo. Mas minha ideia jamais fora cometer um ato que também eu teria considerado um sacrilégio imperdoável e com o qual, aliás, Maxime Lériot nunca teria consentido...

– Qual era sua ideia, então?

– Era simplesmente criar para minha esposa...

– Criar para ela...?

– A ilusão, senhor ministro.

– A ilusão – repetiu Rouxval, para quem a verdade começava a tomar forma.

– Sim, senhor ministro, uma ilusão que poderia ampará-la e lhe devolver o gosto pela vida... e que, de fato, a manteve até aqui. Ela acredita, senhor ministro. O senhor consegue conceber tudo o que isso significa para ela? Ela acredita que seu filho está no túmulo sagrado, e essa crença lhe basta.

Rouxval baixou a cabeça e passou a mão na testa. Uma alegria tão brusca o invadiu que não queria que vissem em seu rosto a expressão desorientada.

Fingindo indiferença, ele disse:

– Ah! Então foi isso o que aconteceu? Foi tudo uma simulação...? No entanto, todas estas provas...

– São precisamente estas que acumulei a fim de que ela não tivesse nenhuma dúvida. Portanto, ela viu tudo, senhor ministro, ela quis assistir a tudo, a exumação do corpo e também a transferência com o furgão. Como poderia ter suspeitado? Como suspeitaria que aquele furgão não iria até o abrigo antiaéreo de Verdun e que nosso pobre filho seria enterrado a alguma distância, em um cemitério rural onde vou às vezes me ajoelhar próximo dele... e lhe pedir perdão, em meu nome e em nome de sua mãe ausente?

Ele falava a verdade, Rouxval ficou convencido. Nenhuma objeção poderia ser colocada ante aquelas palavras que eram a própria confirmação dos fatos. Rouxval retomou:

– E o papel de Maxime Lériot?

– Maxime Lériot obedecia a mim.

– Sua conduta, desde então...?

– Infelizmente, o dinheiro que lhe dei foi para ele uma causa de desequilíbrio e de desgraça. É meu grande remorso. Quanto mais dinheiro eu lhe dava, mais ele queria ter, foi por isso que ameaçou revelar tudo à minha esposa. Mas respondo por sua natureza que é honesta e leal. Ele me prometeu partir.

– O senhor está disposto – perguntou Rouxval, após um minuto – a certificar a absoluta sinceridade de sua declaração?

– Estou disposto a tudo, contanto que minha esposa não saiba de nada e continue a acreditar na história.

– Estamos de acordo, meu senhor. O segredo será guardado. Cuidarei disso.

Preparou uma folha de papel e pediu ao conde para escrever. Mas, nesse momento, Hercule Petitgris designou com o dedo o anuário e disse baixinho a Rouxval:

– Ali, sô ministro... sob o livro... O senhor precisa apenas empurrá-lo... e encontrará...

– Encontrarei o quê?

– A declaração... eu a redigi agora há pouco...

– Então, o senhor sabia...?

– Pelos céus, sim, eu sabia! O senhor conde só precisa colocar sua assinatura.

Rouxval, atordoado, empurrou o anuário, pegou a folha e leu:

*Eu, conde de Bois-Vernay, declaro reconhecer que, com a conivência do senhor Lériot, procedi a um certo número de manobras suscetíveis de causar à minha esposa a convicção de que nosso filho estava enterrado sob o Arco do Triunfo. Mas certifico e dou fé de que nenhuma tentativa foi feita por mim, tampouco pelo senhor Lériot, para dar a meu desafortunado filho o lugar do Soldado Desconhecido.*

Pausadamente, enquanto Rouxval ficara calado, o conde, que parecia tão espantado quanto ele, releu a carta em voz alta, como se refletisse sobre cada termo.

– Está certo. Não tenho nada a acrescentar ou a retirar. Não teria escrito nada diferente se eu mesmo tivesse redigido essa declaração.

Com um gesto decidido, assinou.

– Estou confiando no senhor, ministro. A menor dúvida causaria a morte de uma mãe que não é culpada de nada senão de amar demais. O senhor me promete então...?

– O que eu digo está dito, meu senhor. Prometi, cumprirei.

Ele apertou distraidamente a mão do senhor de Bois-Vernay, acompanhou-o até a porta sem dizer mais nada, fechou e rumou para a janela, onde encostou de novo a testa contra o vidro.

Pois então Petitgris havia adivinhado a verdade! No caos tenebroso, cheio de obstáculos e de emboscadas, Petitgris discernira o invisível caminho que levava ao fim! Rouxval estava confuso e furioso, ao mesmo tempo, e o prazer que experimentara em ver aquele caso sob outra luz se encontrava singularmente diminuído. Escutava atrás de si um breve cacarejo que devia ser para o policial a manifestação do triunfo, e ele evocou o dente pontudo, o terrível dente.

"Ele está tirando com a minha cara", pensou Rouxval, "e desde o começo. Por pura maldade, ele me deixou escorregar. Pois, afinal, poderia ter me advertido, e não o fez. Que animal!"

Mas seu prestígio de ministro não lhe permitia ficar naquela posição humilhante. De uma vez, virou-se e, tomando uma posição ofensiva, disse:

– E então? O acaso lhe serviu, eis tudo! O senhor provavelmente descobriu algum indício...

– Nenhum indício – desdenhou Petitgris, que não queria concordar com seu adversário. – Para quê, afinal? Bastava um pouco de noção e uma migalha de bom senso.

E, com uma alegria horripilante, enumerou:

– Veja só, sô ministro, sua história não tinha pé nem cabeça! Fedia a inverossimilhança e a imbecilidade. Contradições, lacunas, impossibilidades, vou mostrá-las ao senhor com todas as cores! Um roteiro deplorável! Que a condessa tenha caído nessa, até vai. Mas o senhor, um ministro de primeira classe! Veja, a gente faria um malabarismo desses com cadáveres na vida real? Como? Tudo estava combinado para que o Soldado Desconhecido fosse mesmo um soldado desconhecido, mobilizaram pessoas, furgões, funcionários, generais, marechais, ministros, e o diabo a quatro, e o senhor teve a ingenuidade de acreditar que um sinhô que só tem dinheiro vivo no bolso pode se dar ao luxo de passar a perna em todo mundo e comprar uma concessão para sempre sob o Arco do Triunfo! É verdade que já vi uns cabeças duras, mas não desse calibre!

Rouxval se contentou em dizer:

– As provas abundavam...

– As provas são brinquedo de criança. Sem delongas, *eu*, Petitgris, me perguntei: "Uma vez que o conde não podia pagar pelo Arco do Triunfo, o que ele tramou com o senhor Lériot?" E, sem demora, vendo a maneira como ele olhava para a esposa, entendi a coisa toda: "*Você*, seu moleque, é um malandro. Para salvar sua mulher, encenou uma farsa para fazê-la acreditar que era isso aí. Só que você é também um medroso, e, se meu superior se irritar e o ameaçar, você vai arregar". Aí está a coisa toda, sô ministro. Fúria de sua parte. Ameaças. O senhor Bois-Vernay arregou.

– De acordo – disse Rouxval –, mas como o senhor poderia saber que ele voltaria? E que alguma coisa, como o dizia, ia acontecer?

– Como? Ora, ora, e o sobretudo?

– O sobretudo?

– Nossa Senhora, o cliente não teria voltado sem isso! Era preciso lhe dar um pretexto para deixar sua esposa e para se confessar antes que a justiça metesse o bedelho no negócio.

– Mas então?

– Então, quando ele partiu, eu lhe enfiei meu sobretudo no lugar do dele. Ele estava meio louco, não via um palmo na frente do nariz. Só que, lá fora, em seu carro, percebendo meu trapo velho, dá para entender que ele aproveitou a ocasião para voltar para cá! O que acha? Não foi bem bolada essa ideia aí? Claro, já fiz melhor nessa vida, algumas vezes me saio melhor... Mas acho que nunca fui mais malandro. Conseguir a vitória sem agir... Sem nem tirar a mão do bolso e dar um gancho que derruba o adversário! Isso que é um trabalho bem feito, hein?

Rouxval manteve o silêncio. A destreza e o desembaraço com os quais Hercule Petitgris havia conduzido a situação o desconcertavam. Sozinho em um canto, não intervindo uma única vez nos debates, não fazendo nenhuma pergunta e não conhecendo do caso nada além do que o próprio Rouxval contava, Petitgris tinha, de fato, conduzido os debates, dirigido as questões, lançado toda a luz ao caso e imposto, com um gestinho de nada, mas de uma habilidade formidável, a solução que convinha. Decididamente, era um mestre. Só podia reverenciá-lo.

Rouxval pegou sua carteira e tirou dela uma cédula de dinheiro. Mas seu braço permaneceu em suspenso no ar, detido no meio do ato por uma frase incisiva:

– Guarde isso, sô ministro, sô pago.

O dente brilhava. A gargalhada veio do fundo da garganta. A fisionomia se tornou feroz. Como não se lembrar daquelas palavras zombeteiras? "Quando um dos meus superiores se atrapalha, não tenho o direito de rir um tiquinho? Isso que paga meu trabalho. Fazem uma cara!"

O acaso quis que Rouxval se visse em um espelho. Teve de confessar que a expressão de Petitgris nada tinha de exagerada. Ele estava ficando com raiva.

– O senhor perdeu, sô ministro – disse o policial, cheio de condescendência. – Já me deparei com casos mais condenáveis. Seu grande erro foi se deixar levar pela lógica, e a lógica daquilo que se vê e daquilo que se escuta. É preciso desconfiar disso como se fosse a peste. A verdade corre por baixo, como algumas fontes, e é justamente quando ela está sob a terra, e que a gente não a vê, que não devemos mais tirar os olhos dela! Ou então, nesse momento, o senhor sai dos trilhos. No lugar de examinar a fundo a coisa da cerimônia e dos oito combatentes alinhados na caserna de Verdun, o senhor não viu o que estava na sua cara! "Não se evocam cenas como essas! Qualquer palavra é uma blasfêmia...!" Mas, em nome de Deus, sô ministro, ao contrário, era preciso olhar e refletir! O senhor teria compreendido que não havia nenhum rastro de fraude. E Hercule Petitgris não lhe estaria dando uma lição aqui hoje, em seu gabinete de ministro de primeira classe!

Ele se levantou e colocou sobre o braço o sobretudo esverdeado. O dente despontava cada vez mais. Rouxval sentia a mordida e tinha uma imensa vontade de pegar aquela figura pelo colarinho e estrangulá-la.

Ele abriu a porta.

– Fiquemos aqui – disse ele. – Vou colocar o presidente a par do serviço que o senhor prestou.

– Nem se preocupe – interrompeu o policial. Eu mesmo darei a mensagem. É mais prático.

– Meu senhor! – gritou Rouxval exasperado.

– E o que agora, senhor ministro?

O indivíduo tinha se endireitado e parecia adquirir uma nova aparência. Não era mais o pobre-diabo de atitude humilde, mas um varão bem altivo e totalmente à vontade consigo mesmo.

Pegou delicadamente entre o polegar e o indicador seu enorme canino e o retirou, como nos livramos de um acessório. Os traços se revelaram. Mais nenhum riso. O rosto se tornou normal, com a expressão amável, um pouco arrogante.

Rouxval declarou:

– O que significa isso? Quem é o senhor?

– Quem eu sou não tem nenhuma importância – respondeu. – Digamos que eu seja Arsène Lupin. A lembrança que essa pequena desventura lhe deixará será talvez menos desagradável se o nome de Arsène Lupin, e não o de Petitgris, estiver envolvido.

Rouxval lhe mostrou a antecâmara. O outro passou à sua frente com desenvoltura.

– Até logo, senhor ministro… E, agora, um bom conselho: não se arrisque fora de seu quadrado. Cada um com seu ofício. Faça leis. Faça todo o seu rabisco para o governo. Mas, quanto ao que compete à polícia, deixe para os especialistas.

Ele se afastou com três passos. Tinha acabado? Não. Teve a audácia de voltar, de se plantar diante de Rouxval e de lhe dizer com a maior seriedade do mundo:

– No fim das contas, o senhor talvez tenha razão… e fui eu talvez quem se atrapalhou. Pois, afinal, se raciocinarmos friamente, o que nos garante que o conde se deteve na estrada e que não surrupiou o corpo? Tudo é possível, e seu trabalho foi extremamente bem feito! Por mim, gastei meu latim com isso. Até logo, senhor ministro.

Dessa vez, ele parecia não ter mais nada a dizer. Ajustou seu chapéu sobre a cabeça, agradeceu o oficial que o acompanhava e saiu da antecâmara dando risinhos.

Rouxval voltou a seu escritório, com a expressão pesada e pensativa. As últimas palavras de Petitgris o perturbaram singularmente.

Era como uma nova mordida na qual o dente satânico do indivíduo destilara uma gota de veneno. Confusamente, dava-se conta de que aquele caso permaneceria para sempre tenebroso em sua mente e que guardaria eternamente em seu íntimo o veneno da dúvida. Era absurdo, ele não o ignorava. Mas mesmo assim... mesmo assim... havia tantas provas...! Aquele cadáver exumado... o furgão...

– Puxa vida, minha nossa! – gritou ele em um acesso de revolta furiosa. – Que cavalheiro infernal! Se um dia eu colocar as mãos nesse fulano!

Mas Rouxval dizia a si mesmo que Petitgris não era outro senão Arsène Lupin e que Arsène Lupin não era desses em quem a gente põe as mãos...[4]

[4] Essa novela foi inicialmente publicada com o nome *O dente de Hercule Petitgris*, em 1924. Em sua versão original, Lupin não aparecia. No entanto, pouco depois, Maurice Leblanc quis que essa história integrasse o cânone de seu célebre ladrão de casaca e, por isso, alterou o final, introduzindo Lupin, o que não foi difícil, já que a personagem é conhecida por seus disfarces. Em 1926, a novela foi traduzida para a língua inglesa já com o nome *O sobretudo de Arsène Lupin* e com a forma pela qual a conhecemos hoje. Essa versão permaneceu inédita em língua francesa até 2016. (N.T.)

# UMA AVENTURA DE ARSÈNE LUPIN

PERSONAGENS

ARSÈNE LUPIN
DIMBLEVAL, escultor, 55 anos
MARESCOT, subchefe do Serviço de Segurança Nacional
UM CÚMPLICE
UM AGENTE DE POLÍCIA
AGENTES DO SERVIÇO DE SEGURANÇA
AGENTES DE POLÍCIA
MARCELINE, filha de DIMBLEVAL

*A cena representa um ateliê de escultura com um biombo, na frente, à direita, que esconde em parte uma espécie de toucador para os modelos. Ao fundo, a porta principal. Quando ela está aberta, percebe-se um vestíbulo com a porta de entrada. À esquerda, há duas portas: à direita, inteiramente no primeiro plano, uma porta mais pesada, com ferrolho e corrente de segurança. O ateliê não tem janelas, mas um vitral em plano inclinado formando uma parte do teto. Uma escrivaninha, banquinhos, cinzéis, esboços, cavaletes, algumas poltronas e cadeiras de couro, vestidos, casacos e acessórios para modelos. Telefone sobre a mesa. Uma estátua de Cupido. Ao levantar das cortinas, o palco está vazio, a luz apagada. A porta de entrada do fundo se abre rapidamente. Marceline entra usando um vestido de baile, seguida por seu pai.*

*Dimbleval, Marceline*

**MARCELINE,** *ofegante.* – Você não viu ninguém na escada?

**DIMBLEVAL,** *fazendo barricadas na porta do vestíbulo e passando corrente e ferrolho.* – Não, ninguém.

**MARCELINE.** – De todo modo, devem ter nos seguido. *(Ela acende a luz.)*

**DIMBLEVAL.** – Mas quem, meu Deus!?

**MARCELINE.** – Alguém estava nos espiando pela porta da senhora Valton-Trémor.

**DIMBLEVAL.** – Marceline, seus temores são absurdos.

**MARCELINE.** – Absurdos! Então por que você me obriga a usar esse colar? *(Ela vai para seu quarto pela porta esquerda, ao fundo, retira seu casaco e volta.)*

**DIMBLEVAL.** – Como assim? Minha filha, um colar histórico que me tornou famoso: "Dimbleval? Ah, sim, o escultor que dá à sua filha colares de esmeraldas!" Isso me garantiu a encomenda de meu Cupido, minha mais bela obra...!

**MARCELINE.** – Ele nem mesmo me pertence...

**DIMBLEVAL.** – Do que você está falando? Emprestei dez mil francos para a duquesa de Brèves ante o depósito desse colar como garantia. Ela não os pôde devolver a mim na data fixa. Pior para ela.

**MARCELINE.** – Mas ele vale dez vezes mais do que isso.

**DIMBLEVAL.** – Tanto melhor para mim.

**MARCELINE.** – Parece que você não tem o direito, papai.

**DIMBLEVAL.** – Ah, tenho, sim! Foi penhorado...! O que você quer, filhinha? Bem, é preciso criar alguma fonte de renda, já que a arte não é mais suficiente hoje em dia.

**MARCELINE.** – Isso diz respeito a você, papai. Esperando isso, *eu* não consigo viver enquanto seu colar está aqui. Um dia ou outro, algum criminoso...

**DIMBLEVAL.** – Mas eu já vou depositá-lo amanhã no Banco Lionês.

**MARCELINE.** – E se vierem hoje à noite?

**DIMBLEVAL.** – Por que hoje à noite?

**MARCELINE.** – Hoje de manhã, seu modelo, o velho russo, viu perfeitamente quando você o colocou na escrivaninha.

**DIMBLEVAL.** – Hã? Então, eu vou deixá-lo em outro lugar... em qualquer lugar... precisamente onde ninguém esconde nada de precioso... Veja, nesse vaso aqui, não há nenhum perigo... *(Ele* *coloca o colar em um vaso de flores. De repente, a campainha do telefone toca. Eles se olham. Novo toque.)*

**DIMBLEVAL**, *em voz baixa.* – O telefone...

**MARCELINE.** – Sim, pois bem, atenda, papai.

**DIMBLEVAL.** – Telefone às duas horas da manhã. *(Ele atende agitadamente.)* Alô... sim, sou eu... Delegacia de polícia...? Mas então? Como assim? *(Com uma preocupação crescente:)* Como...? O quê...? Será possível...? Alô... *clap*... caiu!

**MARCELINE.** – O que houve?

**DIMBLEVAL**, *colocando o telefone no gancho.* – Um comunicado do serviço de Segurança. Fomos ameaçados de um roubo previsto para esta noite.

**MARCELINE.** – O colar! Está vendo?! Mas isso é terrível! E você deu folga aos criados!

**DIMBLEVAL.** – Seis inspetores estão vindo para cá, comandados pelo subchefe Marescot, que eu conheço bem...

**MARCELINE.** – Mas e se eles chegarem tarde demais!?

**DIMBLEVAL.** – Mas como assim? Eu estou aqui! E depois, ao todo somos três locatários neste prédio.

**MARCELINE.** – Mas e a entrada particular dos seus modelos?

**DIMBLEVAL**, *após verificar a corrente e o ferrolho.* – Pegue a chave.

**MARCELINE.** – O que você está fazendo?

**DIMBLEVAL**, *pegando o vaso e indo até o quarto de sua filha.* – Estou guardando o colar.

**MARCELINE.** – No meu quarto?

**DIMBLEVAL.** – Sim, ficarei com você até chegarem...

**MARCELINE.** – Mas eu não quero isso. Deixe-o aqui.

**DIMBLEVAL,** *coloca o vaso sobre a escrivaninha.* – Você tem razão. Aliás, não há esconderijo melhor. Vão procurá-lo por toda parte, exceto aqui. Estou tranquilo.

**MARCELINE.** – Para mim, tanto faz. Desde que não esteja no meu quarto. *(Ele apaga a luz e cada um entra em seus aposentos. O palco fica vazio, um momento, iluminado por um magnífico luar que penetra pelo vitral. De repente, um leve ruído, vindo de cima. Um dos vidros se levanta, e vê-se uma grossa corda que desce pouco a pouco, balançando, cuja extremidade se detém a dois metros do piso. E, de repente, uma sombra se deixa deslizar de cima a baixo.)*

**LUPIN,** *enquanto procura onde ligar a luz.* – Interruptor, por favor...! Um pouco de luz... *(Ele acende. Lupin está vestido como ladrão, casaco longo, chapéu, barba ruiva em leque. Pega um espelho sobre o toucador e se olha.)* Você é o cara! Está com um olhar lupino... Arsène Lupino. Oh, um revólver! Vai me cair como uma luva, já que esqueci o meu. Nossa! Mas o que é isso? Um vaporizador?

**O CÚMPLICE,** *inclinando metade do corpo pela claraboia.* – Lupin!

**LUPIN.** – O quê?

**O CÚMPLICE.** – O senhor é louco!

**LUPIN.** – Por quê?

**O CÚMPLICE.** – A luz!

**LUPIN.** – Ela está incomodando você?

**O CÚMPLICE.** – Sim.

**LUPIN**. – Feche os olhos.

**O CÚMPLICE**. – Mas...

**LUPIN**. – Feche a boca.

**O CÚMPLICE**. – Patrão...

**LUPIN**. – Ah, olhe, cuide da sua escada, Jacob.

**O CÚMPLICE**. – Por que o senhor me chamou de Jacob[5]?

**LUPIN**, *que está examinando uma fotografia*. – Você não compreenderia! *(A si mesmo, dirigindo-se até a escrivaninha:)* Ora, veja só, é exatamente a jovem que notei no baile dos Valton-Trémor... Com todas as minhas desculpas, senhorita, precisei vestir o humilde uniforme de trabalhador. Pobre garota, vamos deixá-la sem suas esmeraldas... Ah, se a manteiga não estivesse tão cara! *(Ele coloca o retrato na escrivaninha.)* Vejamos, segundo a planta do velho russo... *(Ele vai nomeando cada lugar.)* O vestíbulo... o corredor que vem do quarto da menina... o da vítima... Aqui, a escada dos modelos... *(Mostrando o biombo.)* Aqui, o toucador deles... Ali, a escrivaninha... Tudo no lugar certo. *(Ele tira de seu bolso um saco no qual há um molho de chaves.)* Na escrivaninha... terceira gaveta, disse o velho russo.

**O CÚMPLICE**. – Sim, patrão.

**LUPIN**. – Vamos começar. O roubo das esmeraldas, drama em cinco atos, música de Lupin. A abertura... com a chave aperfeiçoada de Arsène, em quatro tempos... um... dois... três... quatro... *(O móvel se abre.)* Aqui está...! Como uma flor... levaria uns

5 Possível referência a Marius Jacob (1879-1954), anarquista francês também conhecido por arrombar casas de forma inventiva e, ao mesmo tempo, por ser generoso com suas vítimas. Muitos especialistas alegam que Maurice Leblanc teria se inspirado em Jacob para criar Lupin, o que Leblanc teria negado. (N.T.)

cinquenta anos para *você* achar isso...! Ora, isso agora, como assim?

**O CÚMPLICE.** – O que houve?

**LUPIN.** – A terceira gaveta está vazia.

**O CÚMPLICE.** – E as outras?

**LUPIN**, *após um instante, virando-se furioso para a porta do quarto.* – Que patife! É verdade... a gente se dá ao trabalho... arrisca a própria pele e, depois, se pela.

**O CÚMPLICE.** – Então, vamos dar o fora daqui.

**LUPIN**, *hesitando, após colocar um pé na escada.* – Ah, não, não ainda. Seria idiota demais. *(Examinando a escrivaninha.)* Ele deve estar dormindo com ele, covarde.

**O CÚMPLICE.** – A gente vai ser pego.

**LUPIN.** – Que nada! *(Ele reflete, depois diz, decidido:)* Jacob!

**O CÚMPLICE.** – Patrão?

**LUPIN.** – Recolha a escada!

**O CÚMPLICE.** – O quê?

**LUPIN.** – Faça o que eu estou mandando. *(A escada é retirada.)*

**O CÚMPLICE.** – E agora?

**LUPIN.** – Fique de tocaia. Vigie a avenida. Se eu precisar de você, dou um assobio. Vá! *(Ele se volta para o interruptor, apaga a luz e murmura:)* Três batidas... *(Ele bate três vezes no piso.)* Cortina! *(Ele corre para trás do biombo e se esconde, espiando através de uma fenda. A porta do quarto se abre. Dimbleval aparece. Coloca a cabeça para fora, preocupado, e, esticando o braço, acende a luz.)*

**DIMBLEVAL**, *à sua filha, que aparece na soleira, vestida com uma camisola.* – Ninguém.

**MARCELINE**. – Papai, olhe bem.

**DIMBLEVAL**, *avançando.* – Já disse que não tem ninguém.

**MARCELINE**. – E a porta?

**DIMBLEVAL** *atravessa o palco e vai até a porta do vestíbulo.* – Já disse que não tem ninguém.

**MARCELINE**. – Ah, o colar...

**DIMBLEVAL**, *pegando o vaso sobre a escrivaninha.* – Quanto a isso, estou tranquilo, nada a temer. Continua aqui. *(Ele mostra o colar e o coloca de volta.)* Ah, agora eu lhe peço, fique calma! *(Eles saem, Dimbleval apaga a luz.)* Você vai acabar me assustando!

**LUPIN**, *reacendendo a luz e indo até a escrivaninha. Ele pegou o vaso e examinou o colar.* – Ele é gentil! Veja, por piedade, vou lhe deixar o vaso e as flores. *(Ele coloca o colar no bolso, volta para perto do banquinho, chama seu cúmplice:)* Psiu! *(Um momento.)* Ué, o que está acontecendo...? Psiu...! Jacob...!

**O CÚMPLICE**, *passando a cabeça para dentro, apavorado.* – Ei, patrão!

**LUPIN**. – Onde você estava?

**O CÚMPLICE**. – Do outro lado... Há pessoas tocando a campainha lá embaixo... uma meia dúzia de homens.

**LUPIN**. – Rápido, a corda. *(O cúmplice deixa escorregar a corda.)* Apresse-se, então... escutei barulho... E agora? *(Nesse momento, batem à porta do vestíbulo.)*

**O CÚMPLICE**. – Preste atenção, patrão, já baixei a corda.

**LUPIN.** – Tarde demais. Dê o fora daqui.

**O CÚMPLICE.** – Mas e o senhor, patrão?

**LUPIN.** – Eu me viro... Se mande... *(Ele apaga a luz. O vitral fica aberto, Lupin se esconde atrás do biombo. Dimbleval sai de seu quarto e acende a luz.)*

**DIMBLEVAL.** – Mas, ora, fazendo esse barulho, só pode ser a polícia. Quem é? Quem é?

**UMA VOZ.** – Marescot, subchefe do Serviço de Segurança.

**DIMBLEVAL,** *fechando a porta outra vez.* – Ah! começo a respirar agora. *(Ele atravessa o palco, abre a porta do fundo e passa pelo vestíbulo.)* Aqui... estou chegando...

**LUPIN** *corre até a soleira do vestíbulo e observa.* – Marescot, o subchefe... Agora sim, *eu* estou lascado. *(Ele chama em voz baixa:)* Jacob... Jacob... *(Ele puxa a mesa, coloca uma escultura retangular sobre ela, mas a distância até a claraboia é grande demais, ele murmura:)* Impossível...! Mas e essa agora? Mesmo assim, eu não vou ser pego...! E se eu colocasse a joia de volta no lugar? *(Após um segundo de hesitação, ele vai até a porta do fundo e a fecha à chave. Escuta-se um tumulto, e os dois batentes estremecem.)*

**DIMBLEVAL,** *gritando nas coxias.* – Não tem ninguém! Não quebre minha porta, vá buscar o chaveiro! *(Com um rodopio, Lupin tira seu sobretudo e seu chapéu, joga-os sobre a mesa, ao pé da escultura, bem às vistas, e vai se esconder atrás do biombo. Entrada brusca do subchefe e de seus inspetores. Dimbleval acende a luz. Lupin, escondido pelo biombo, está de terno. Ele tirou a barba ruiva, sentou-se, e tranquilamente tira a sua maquiagem.)*

**DIMBLEVAL,** *apavorado.* – Onde está ele?

**O SUBCHEFE.** – Escondeu-se.

**DIMBLEVAL.** – Essa agora! Veja no meu quarto, Marescot, é o único lugar que há. Vá na frente.

**O SUBCHEFE,** *abrindo a porta.* – Ninguém... E atrás desse biombo? *(Ele atravessa o palco, Lupin se mexe, prestando atenção. Mas o subchefe percebe a mesa e a estátua.)* Mas não, não aqui... veja...

**DIMBLEVAL.** – Impossível.

**O SUBCHEFE.** – No entanto... essa mesa... esse tripé... está claro. Ele fugiu pelo telhado...

**DIMBLEVAL.** – Mas por onde ele teria vindo?

**O SUBCHEFE.** – Pelo mesmo caminho.

**DIMBLEVAL.** – Mas é alto demais!

**O SUBCHEFE.** – Veja... Ele tinha cúmplices... a claraboia ainda está aberta... Podemos subir no telhado?

**DIMBLEVAL.** – Precisamos descer de novo e pedir à zeladora a escada de serviço. Nosso homem já estará longe... se é que ele veio por ali.

**O SUBCHEFE.** – Como assim, meu caro, o senhor está cego. *(Mostrando o sobretudo.)* E isso? O que é isso? É seu?

**DIMBLEVAL.** – Não.

**O SUBCHEFE.** – Ai, minha nossa! É o sobretudo do nosso homem... Ele o descartou para fugir mais fácil... E seu chapéu é absolutamente o sinal que me deu o velho russo.

**DIMBLEVAL.** – Como assim? O velho russo, meu modelo?

**O SUBCHEFE.** – Sim, a gente o pegou num córrego, caindo de bêbado, tagarelando.

**DIMBLEVAL.** – Então era um cúmplice?

**O SUBCHEFE.** – O cúmplice de um indivíduo que estamos procurando já faz alguns dias... um homem de barba ruiva... um vigarista dos mais perigosos. *(Gestos apropriados de Lupin.)* Sabemos pelo russo que o golpe está previsto para esta noite... Devem roubar um colar.

**DIMBLEVAL,** *tranquilo.* – Não.

**O SUBCHEFE.** – Mas sim... um colar de esmeraldas, guardado numa escrivaninha.

**DIMBLEVAL,** *irônico.* – Nesta aqui, sem dúvida!

**O SUBCHEFE.** – Provavelmente.

**DIMBLEVAL.** – Não. Não sou tão besta...

**O SUBCHEFE.** – Mas o senhor tem um colar de esmeraldas.

**DIMBLEVAL.** – Sim... magnífico...

**O SUBCHEFE.** – Onde ele está?

**DIMBLEVAL.** – Em um lugar seguro, a salvo de quaisquer suspeitas, eu garanto.

**O SUBCHEFE.** – Mas onde?

**DIMBLEVAL.** – Debaixo do seu nariz.

**O SUBCHEFE.** – Dimbleval!

**DIMBLEVAL,** *designando com o dedo.* – Aqui, neste vaso... bem despretensiosamente... O senhor bem compreende que nunca um invasor poderia imaginar. *(Ele olha o vaso, surpreso.)* Ah!

**O SUBCHEFE.** – O quê?

**DIMBLEVAL.** – Roubado! *(Ele cai sentado sobre uma poltrona.)* Precisamos correr atrás dele… precisamos pegá-lo… *(Ele se levanta e se precipita para o quarto de sua filha.)* Marceline…! O colar!

**MARCELINE,** *aparecendo.* – Será possível?

**DIMBLEVAL.** – Ora! Eu já havia dito várias vezes… você quis esse colar…

**MARCELINE.** – Mas quem o roubou?

**DIMBLEVAL,** *com uma agitação crescente.* – O homem de barba… de barba ruiva… um vigarista… um assassino.

**O SUBCHEFE.** – Um pouco de calma, eu lhes peço… Georges… Dupuis, subam lá.

**DIMBLEVAL.** – Sim! Subam lá! Ah, se vocês estão achando que ele os está esperando!

**O SUBCHEFE.** – No entanto…

**DIMBLEVAL,** *batendo os pés de raiva.* – Claro que não! E o outro prédio? O hotel do conde de Dreux, os tetos se comunicam.

**O SUBCHEFE.** – Está bem… vamos lá!

**DIMBLEVAL,** *continuando.* – E os jardins do hotel? Ele saltará o muro.

**O SUBCHEFE.** – Chegaremos antes dele.

**DIMBLEVAL,** *continuando.* – Não, é preciso uma volta enorme pelo bulevar. Ah, é atroz!

**O SUBCHEFE.** – Essa porta…

**DIMBLEVAL.** – É a escada dos meus modelos.

**O SUBCHEFE**. – Onde ela dá? Para o bulevar?

**DIMBLEVAL**, *continuando*. – Não, para a praça. Dê a chave, Marceline.

**MARCELINE**. – Está no meu quarto.

**DIMBLEVAL**. – Então deixa, não vale a pena. *(Ele cai outra vez na poltrona.)* Vai atrasar… Ah, valeria mais a pena, eu nem sei mais, nossa! Ele…

**O SUBCHEFE**, *a seus agentes*. – Varnier… para a praça, na esquina da saída. Você, Dupuis, corra até a delegacia da rua Nemours e traga uma meia dúzia de agentes. Seguramente, ele tem cúmplices.

**DIMBLEVAL**, *levantando-se e mostrando a claraboia*. – E se o tipo volta por ali… minha filha…

**O SUBCHEFE**. – Ah, não há indícios disso, mas é melhor que a senhorita não saia de seu quarto… Não abra a porta a ninguém, senhorita, salvo a seu pai e a mim… Aliás… *(A um dos inspetores:)* Gontrand, fique aqui… e atire se for preciso. Nós estamos lidando com um homem dos mais perigosos.

**DIMBLEVAL**. – Um crápula, um assassino… Rápido, Marescot, rápido, vá na frente, eu tranco a porta. *(Eles todos vão embora, salvo Gontrand. Durante toda a cena, Lupin fica tranquilamente sentado. Ele limpou o rosto, acertou as unhas, penteou sua falsa barba e a guardou no bolso, depois se divertiu com os objetos de toalete, frascos de perfume, pistola pulverizadora de perfume, bobes de cabelo… Agora, ele se levanta outra vez, enérgico, pronto para a ação. O inspetor fechou a porta do fundo. Ele avança para a frente do palco e, enquanto examina o lugar, dirige-se* *até a escada dos modelos, passa atrás do biombo e volta até o meio do palco. Lupin contornou o biombo ao mesmo tempo, de modo que o inspetor não o viu. Voltando a seu ponto de partida, Lupin reflete um instante, depois avança na ponta dos pés até o inspetor, que está enrolando um cigarro, força-lhe sobre a boca um lenço que encontrou atrás do biombo, derruba-o e lhe aponta um revólver a vinte centímetros do rosto.)*

**LUPIN**. – Mãos para cima! Não se mexa, não vou machucar você... *(O inspetor tenta se soltar e dá um gemido.)* Ah, calado... *(Lupin tateia seu bolso e saca um pequeno frasco.)* Um pouco de clorofórmio... Isso vai refrescar suas ideias... *(Sob o efeito do clorofórmio, o inspetor adormece.)* Bem na hora! O garotinho se comportou. Agora, como sou bonzinho, um pouco de perfume. *(Ele aponta de novo o revólver pulverizador de perfume e espirra.)* Tire uma soneca. *(Depois, ele rola o homem até o quarto de Dimbleval. Ele o tranca.)* Vai... tire uma soneca... *(Levantando-se agilmente, ele abre a porta do fundo, corre até a do vestíbulo e saca seus instrumentos para forçar a fechadura. Mas ele para, escuta e murmura:)* Vamos! Que beleza, roubaram minhas ferramentas! Que patifes! *(Ele volta, fecha a porta do ateliê, reflete, dirige-se até a porta dos modelos.)* Impossível...! Seria preciso a chave... Mas então...! Então o quê...? Trancada... Ferrou! Ah, mas espere, ah, espere aí... *(Ele se vira um instante para a direita e para a esquerda, como um bicho feroz, depois se senta diante de uma mesa.)* Vamos, veja só, Lupin... *(Ele nota o telefone ao seu lado, reflete, olha a saída dos modelos, depois a porta de Marceline e repete:)* Sim, evidentemente, mas seria preciso a chave. *(Um tempo.)* Depois de tudo isso, por que não? *(Olhando seu relógio.)* Tenho uns vinte e cinco minutos, é o suficiente. *(Ele tira o telefone do* *gancho, e com uma voz baixa, mas nítida, imperiosa, diz):* 648.75. *(Um tempo.)* Alô...! Discando 648.75... *(Irritando-se:)* Bom, que fazer, ninguém atende... A superintendência, então, eu quero a superintendência... *(Um tempo.)* A superintendência...? É você, Caroline? Escute-me bem, querida. *(Exasperado:)* Por Deus, não diga nada! Escute-me... Largue seu serviço. Pegue um carro. Passe no escritório. Você encontrará Bernard e Griffin. Diga-lhes que estou preso no apartamento do escultor Dimbleval. Há inspetores de plantão e outros no pé da escada dos modelos, na praça. Deem um jeito de enganar esses aí e me esperem. Em dez minutos... Ah! Se tiver mais camaradas no escritório... mande virem todos... em dez minutos... *(Ele coloca o telefone no gancho, consulta seu relógio, depois vai até a porta do quarto, escuta e, vivamente, bate.)* Rápido... abra... sou eu, o subchefe Marescot, por obséquio... É urgente... Pegue a chave da escada dos modelos. *(A porta se abre, Marceline aparece, dá um grito abafado.)*

**LUPIN**, *com uma autoridade violenta.* – Cale-se! Sou eu! *(Ele a impede de fechar de novo a porta, leva-a até a cena, toda trêmula.)*

**MARCELINE.** – Quem é o senhor?

**LUPIN.** – Nem uma palavra...! Espere... Não tente adivinhar, eu vou lhe explicar... *(Marceline cede, aterrorizada.)* E, sobretudo, sobretudo, nada tema... Eu não quero lhe fazer nenhum mal.

**MARCELINE.** – Mas enfim, meu senhor.

**LUPIN.** – Mais baixo, eu lhe peço... É bom que ninguém escute a senhorita... nem que me escutem. *(Ele vai fechar a porta ao fundo.)* Por motivos muito graves. É bom que não saibam que estou aqui com a senhorita e que vim até aqui para revê-la. *(Mais vivamente, como se encontrasse, enfim, a explicação:)* Sim, para revê-la! Esta noite, a senhorita estava no baile dos Valton-Trémor... Eu a vi... Oh! Não foi a primeira vez... Eu a vejo por toda parte... em suas saídas para fazer compras...

**MARCELINE**, *que o escuta com surpresa.* – Para fazer compras... mas eu não faço compras...

**LUPIN.** – Sim, sim, faz compras em lojas... E toda vez que a senhorita vai ao teatro...

**MARCELINE.** – Nunca...

**LUPIN**, *que não para de olhar ao redor de si.* – Oh! Eu lhe peço, não me interrompa... Nós só temos dez minutos... e já faz tanto tempo que busco uma ocasião para falar com a senhorita! Já faz bem mais tempo do que isso! Enfim, esta noite, aconteceu esse baile dos Valton-Trémor, que são meus amigos... Uma mulher encantadora... Todos os dias, nas reuniões, o marido dela e eu...

**MARCELINE.** – Mas ela é viúva...

**LUPIN**, *continuando, muito vivamente.* – Sim, desde que seu marido morreu... Mas, antes, ele devia ter me apresentado... E eu lá fiquei, a observá-la... *(Lupin se aproxima dela.)* Oh, a senhorita não podia me ver... Eu me escondia... Sou horrivelmente tímido. Como abordá-la...? Então, pensei que aqui... e vim, ao acaso... E foi assim que me vi preso no meio desse roubo... esta noite... Queria vê-la... falar com a senhorita... e ir embora logo. Sim, ir embora agora mesmo... Não é? Não é o caso que me encontrem... Vou partir por essa passagem... É a única que está livre... e agora mesmo... agora mesmo... A senhorita compreende, não é?

**MARCELINE**, *observa-o, desconfiada.* – Não... Não... eu não entendo... Voltei com meu pai.

**LUPIN.** – E então?

**MARCELINE,** *em quem a desconfiança cresce.* – Nós trancamos a porta... Então... o senhor... como?

**LUPIN.** – Ora, veja, isso não tem nenhuma importância.

**MARCELINE,** *afastando-se.* – Pois tem, pois tem... o senhor veio com aquele homem...

**LUPIN,** *indignado.* – O homem da barba ruiva!

**MARCELINE,** *afastando-se, com rapidez.* – Deixe-me... eu quero...

**LUPIN,** *segurando-a, bruscamente.* – Aonde a senhorita está indo? *(Ela fica parada, presa. Um tempo. Ele se controla, e, docemente, pouco a pouco a obriga a se sentar outra vez.)* Oh, eu lhe peço perdão... perdoe-me... *(Ele olha furtivamente seu relógio e murmura:)* Ai, meu Deus! *(Depois ele retoma, muito humilde, palavras ao acaso, sem se escutar, por assim dizer, e se contradizendo).* Pois bem, sim, eu vim com aquele homem... *(Movimento de Marceline, que quer entrar pela porta do fundo.)* Não, não tenha medo algum, eu não sou cúmplice dele... Oh, não! Um canalha desses! O pior dos miseráveis... mas eu conhecia seu plano e aproveitei para vir... Queria levar alguma coisa sua... não o colar... foi ele que o pegou, eu lhe juro... mas outra coisa... não importa o quê... seu retrato... Sim, veja, eu o peguei, aqui está ele... eu lhe devolvo... A senhorita está vendo que sou um homem honesto... A senhorita está vendo... está vendo... *(Ela se acalma pouco a pouco e o escuta contra a própria vontade, enquanto Lupin continua, ainda distraído, com uma voz atrapalhada, ainda mais apressada pelo papel que desempenha e pela urgência em atingir o objetivo...)* Eu lhe peço, mande-me embora... coloque-me para fora... eu lhe peço... Sem isso acabarei dizendo palavras e palavras que a senhorita não deve escutar... Eu gostaria de ter me calado, mas não consigo... Eu a amo... Eu só penso na senhorita, e é uma tal alegria que a senhorita o saiba... e que tenha consentido em me escutar... E eu lhe digo tudo, meu amor, minha dor infinita, minha mágoa em não mais vê-la e meu último adeus, já que tudo está acabado e que é o pior minuto... Ah, eu a amo... eu a amo... Dê-me a chave! *(As palavras atordoaram Marceline. O som daquela voz, a estranheza da cena, tudo a transtornava. É um instante de vertigem no qual perde a consciência da realidade. Quase sem perceber, ela o deixa pegar a chave.)*

**LUPIN.** – Obrigado... Oh, obrigado... *(Ele se levanta triunfante e murmura:)* Ufa, aqui está! *(Ele vai na direção da porta, mas no momento de introduzir a chave ele se vira e vê Marceline, com a cabeça entre as mãos. Ele para, reflete, adivinha o que aconteceu com ela e volta, por sua vez, muito comovido.)* Não diga nada, eu lhe suplico *(um tempo)* e perdoe-me... *(A atitude embaraçada, a voz embargada:)* É a vida... A senhorita não tem como saber... as circunstâncias que a compelem à direita, à esquerda... à esquerda sobretudo, e, depois, um dia, a gente se encontra diante de dois olhos como os seus, que a observam... então...

**MARCELINE,** *inquieta.* – Vá embora, senhor!

**LUPIN.** – Eu não quero roubar sua simpatia, eu não quero lhe deixar uma imagem qualquer de um apaixonado heroico. Esqueça todas as palavras que eu lhe disse, são mentiras, um papel de vilão que eu estava interpretando.

**MARCELINE.** – Vá embora, senhor! Vá embora!

**LUPIN.** – Ah! como a vida é besta. Eu me sinto honesto ao olhá--la.... Mas já está na hora de ir embora. *(Ele se dirige para a porta da escada dos modelos, e, agitadamente:)* Tarde demais!

**MARCELINE.** – O quê?

**LUPIN.** – Veja! Não é preciso ficar brava demais comigo se eu menti para conseguir essa chave. Seu belo gesto de dá-la para mim me fez ser sincero, e a sinceridade é um luxo... Aqui está sua chave; eu não posso mais utilizá-la.

**MARCELINE,** *inquieta.* – O senhor é louco! Ainda dá tempo... Ah, meu Deus! É verdade, estou escutando!

**LUPIN.** – Não, não, não é nada!

**MARCELINE,** *alegre.* – Ah!

**LUPIN.** – Ai, não, é a polícia.

**MARCELINE** *vai se colocar ao lado esquerdo da mesa.* – Meu Deus!

**DIMBLEVAL,** *entrando com Marescot.* – Ah, tem isso, mas... O que está acontecendo aqui? *(Lupin tira seus olhos de Marceline, olha a porta dos modelos, consulta seu relógio e faz um gesto de aborrecimento.)*

**DIMBLEVAL.** – Quem é o senhor?

**LUPIN,** *muito descontraído.* – Eu estava justamente explicando isso para a senhorita. Eu me enganei de andar. *(Ele esboça um movimento em direção ao fundo do palco. O subchefe barra seu caminho.)*

**DIMBLEVAL.** – Enganou-se de andar! Conheço todo mundo aqui! Seu nome, meu senhor? *(Lupin saca um cartão e o entrega a ele.)* "Horace Daubry, explorador." *(Desconfiando:)* Explorador.

**LUPIN**, *confirmando.* – Explorador... De passagem por Paris, estava visitando um de meus amigos, no andar de cima.

**DIMBLEVAL**. – Andar de cima! É o telhado...!

**LUPIN** *tenta passar, o subchefe se opõe.* – Vamos descer, eu lhes explicarei tudo.

**O SUBCHEFE**, *em voz alta.* – Primeiro, explique-se com este senhor aqui.

**DIMBLEVAL**, *pegando-o pelo braço.* – Como o senhor veio parar aqui?

**LUPIN**. – A pé.

**DIMBLEVAL**. – Estou perguntando como o senhor entrou.

**LUPIN**. – Pela porta.

**DIMBLEVAL**. – Impossível. Ela estava fechada. Responda-me de modo mais preciso, meu senhor, do contrário... *(Ele olha para sua filha.)* Do contrário poderei supor que alguém lhe abriu a porta, meu senhor, e eu gostaria de saber em qual momento, pois o prédio estava sendo vigiado. *(Bruscamente, volta-se à sua filha:)* Mas então responda você. Você estava aqui...! Sabe... você estava falando com esse senhor... então... então... responda...

**MARCELINE**. – Bem, sim, papai.

**DIMBLEVAL**. – Ah! *(Um silêncio. Com solenidade:)* senhor Subchefe, este é um caso de família que não concerne à polícia. Mas responda você.

**LUPIN**, *intervindo.* – Não, senhorita, não, eu não aceito... não, por nada no mundo. *(Virando-se.)* O nome que está nesse cartão não é o meu. Meu nome é mais escandaloso, mas é o nome de um homem honesto, à sua maneira, de um homem que preferia matar vocês dois *(gesto de terror dos dois homens)* a fazer o mais leve mal a uma dama *(ele a saúda)* e não vim aqui para fazer a corte à senhorita... No entanto, confesso que, desde que tive a honra de vê-la, é muito possível que eu volte *(a Dimbleval)* nem que fosse só para pedir-lhe sua mão.

**O SUBCHEFE**, *aproximando-se.* – Nesse caso, meu senhor, qual seria o motivo?

**DIMBLEVAL.** – Ora, vejamos, Marescot, não se deixe enganar. Eu lhe disse que esse caso não diz respeito à polícia.

**LUPIN.** – E então, do que os senhores precisam?

**DIMBLEVAL**, *irônico.* – O senhor queria nos fazer acreditar, talvez, que veio pelo colar?

**LUPIN**, *que o devolveu.* – Aqui está ele, sobre a mesa.

**O SUBCHEFE.** – Como?

**DIMBLEVAL**, *aproximando-se.* – Ladrão!

**LUPIN.** – Ingrato!

**O SUBCHEFE.** – Veremos! Veremos! O alerta fala de um homem de barba ruiva. Ah, isso!

**LUPIN**, *mostrando sua barba falsa.* – A barba!

**O SUBCHEFE.** – É mesmo essa aqui. E o agente que deixei para vigiar?

**LUPIN.** – Oh, ele estava tão cansado... Eu o mandei ir se deitar.

**O SUBCHEFE.** – Ah! Essa agora, mas afinal quem é o senhor?

**LUPIN** *lhe passa um cartão.* – Pegue aqui, seu guarda.

**DIMBLEVAL E O SUBCHEFE**, *lendo*. – Arsène Lupin!

**LUPIN**. – Meu Deus, sim! A gente faz o que pode! *(O subchefe corre até a porta do vestíbulo. Lupin se inclina diante de Marceline e diz rapidamente:)* Senhorita, algumas coisas violentas vão acontecer aqui. O sangue vai correr, talvez... Não será muito bonito... *(Abrindo a porta do quarto.)* Tenha a bondade.

**DIMBLEVAL**, *empurrando sua filha*. – Vá! *(Ela se detém sobre a soleira, hesita e passa sem parecer ver Lupin. Ele a segue com os olhos. Ela sai.)*

**LUPIN**, *interpelando Dimbleval*. – O senhor tem mesmo certeza de ser o pai da sua filha?

**DIMBLEVAL**. – Como? O que o senhor quer dizer com isso?

**LUPIN**. – Eu digo que é materialmente impossível que um homem como você seja o pai de uma garota como ela. *(E, depois, bruscamente, ele se volta ao subchefe:)* E agora, a parte fácil. Espero que você não esteja sozinho. *(Ele se senta sobre a mesa e prepara um cigarro.)*

**O SUBCHEFE**. – Tenho homens no telhado. Tenho outros ao pé da escada, não será demais, se você for mesmo Lupin. A delegacia foi prevenida. Renda-se.

**LUPIN**, *pegando um cigarro*. – A guarda morre...[6] E só estou dizendo isso porque sou educado.

**O SUBCHEFE**, *sacando seu revólver*. – Eu disse para você se render.

---

[6] Provável referência à expressão "A guarda morre, mas não se rende", atribuída ao general francês Pierre Cambronne (1770-1842), que a teria dito ao perceber a derrota na Batalha de Waterloo, o que foi contestado pelo próprio general, que sobreviveu ao combate por ter se rendido. (N.T.)

**LUPIN**, *diante do revólver, fazendo um sinal com a mão.* – Um pouco mais à direita… mais… um pouco mais alto!

**O SUBCHEFE.** – Chega de graça! Você se rende?

**LUPIN.** – Mas é claro, sempre.

**O SUBCHEFE.** – Suas armas. *(Lupin lhe dá a pistola pulverizadora de perfume, que o subchefe embolsa agilmente, sem olhar.)*

**LUPIN.** – Cuidado, está carregada!

**O SUBCHEFE.** – Agora, siga-me.

**LUPIN**, *riscando um fósforo.* – Até o fim do mundo. *(O subchefe avança, ameaçador.)*

**LUPIN**, *apresentando o fósforo, que queima.* – No primeiro que avançar, eu taco fogo.

**O SUBCHEFE.** – Pior para você! Vou atirar.

**LUPIN.** – Você não ousaria.

**O SUBCHEFE.** – Um… dois…

**LUPIN.** – Tempo!

**O SUBCHEFE**, *surpreso.* – O quê?

**LUPIN**, *levantando-se.* – Tempo! Eu pedi tempo… por consequência… *(com um tom grave)* já que o destino cruel me obriga a morrer, eis que eu tento fazer notar que o colar ainda está aqui, sobre essa mesa.

**DIMBLEVAL.** – Meu colar…

**O SUBCHEFE.** – Ora, mas…

**LUPIN.** – Perdão, pedi tempo. *(A Dimbleval:)* Meu senhor, já que esse colar, contrariamente ao que eu acreditava, lhe pertence…

**DIMBLEVAL.** – Eu o comprei da duquesa de Brèves.

**LUPIN.** – Então vamos lá. Eu escutei falar dessa história aí. Um jogo meio sujo... Em todo caso, não me considero como responsável por esse colar. Há aqui alguns indivíduos...

**O SUBCHEFE,** *decidido.* – Isso vai acabar mal! *(Ele mira de novo.)*

**LUPIN,** *que se jogou para trás da estátua de Cupido.* – Baixe as armas, ou isto vai quebrar.

**DIMBLEVAL,** *precipitando-se aflito até o subchefe.* – Mas o senhor está louco! Minha estátua!

**LUPIN,** *balança o mármore.* – Vamos lá!

**DIMBLEVAL.** – Um momento! Então, escute, Marescot, deixe esse homem tranquilo. Ele devolveu o colar.

**LUPIN,** *que recuou até a entrada dos modelos.* – Evidentemente, Marescot. E, agora, você está entendendo? Você é burro demais. O que me obrigava a me desmascarar? O caso já tinha ido pro saco. *(Batem à porta. Escutam-se batidas, de fato, na porta de modelos.)* Veja... estão batendo, reforços que chegam para você. Não é possível, você convocou a guarda republicana. Você quer que eu o ajude? Talvez nós três consigamos chegar lá. *(Ele coloca seu braço para trás. Vê-se que ele está com a chave na mão. Ele está encostado na porta de modelos, no primeiro plano.)*

**O SUBCHEFE.** – Você fala demais... Algemas!

**LUPIN.** – Ah, não, é engraçado!

**O SUBCHEFE.** – Afinal, o que é isso? O que você quer?

**LUPIN.** – Respeito!

**O SUBCHEFE.** – E com isso?

**LUPIN**, *que introduziu a chave.* – Uma distância conveniente entre mim e você.

**O SUBCHEFE**. – Caso contrário?

**LUPIN**. – Caso contrário, eu dou o fora daqui. *(Ele se vira e abre a porta. Dois agentes de polícia em uniforme lhe barram o caminho.)* Ora, imbecis, deixem-me passar! *(No momento em que os afasta, o subchefe chega. Ele empurra a porta, Lupin se livra deles e fica encurralado contra a parede.)*

**O SUBCHEFE**, *caindo na gargalhada.* – Perdeu, Lupin! Acho que desta vez…

**LUPIN**, *concordando com ele.* – Você tem razão. Fui pego…

**O SUBCHEFE**, *triunfante.* – Haha!

**LUPIN**. – Mas siga os protocolos, hein? Um pouco de cortesia.

**O SUBCHEFE**, *aos agentes de polícia.* – Obrigado, meus amigos. Então, a delegacia foi avisada?

**UM DOS AGENTES DE POLÍCIA**. – Sim, os colegas deram a volta pelo bulevar. Seus inspetores os conduziram.

**O SUBCHEFE** *a Dimbleval.* – Vamos então abrir para eles.

**DIMBLEVAL**. – Estou indo, estou indo… *(Ele sai, os dois agentes de polícia seguram Lupin.)*

**O SUBCHEFE** *a Lupin.* – Tudo isso não foi nada mal, hein, Lupin?

**LUPIN**. – É gentil de sua parte, mas há melhores.

**O SUBCHEFE**. – O quê? Você ainda não acabou?

**LUPIN**. – Pois sim, pois sim… Depois de tudo, a prisão só vai durar um tempo, o tempo de entrar e de sair.

**O SUBCHEFE.** – Vamos começar entrando lá, que tal?

**LUPIN,** *rindo.* – Você não parece ter muita certeza!

**O SUBCHEFE** *a um dos dois agentes.* – Vá na frente buscar uma viatura; nós vamos logo em seguida.

**LUPIN.** – Não vale a pena. Estou com meu carro. Na esquina do bulevar. O motorista Ernest, de Batignolles.

**O SUBCHEFE,** *correndo até Lupin.* – Vamos para a rua. *(No momento em que ele vira as costas, os dois agentes de polícia que seguram Lupin pegam os braços do subchefe. Ele se debate, estupefato.)* Mas o que é isso? O que está acontecendo aqui? *(Um tempo, ele os olha, olha Lupin e grita:)* Nossa Senhora, cúmplices! *(Ele os empurra violentamente, atira-se sobre a porta do fundo.)* Venham aqui, meus amigos, venham aqui! *(Ele abre. No vestíbulo, percebem-se seis agentes de polícia uniformizados, sólidos, fortes. Dimbleval e os agentes do Serviço de Segurança estão perto deles, algemados, amordaçados e amarrados em cadeiras. Ele balbucia:)* Ah, seus bandidos!

**LUPIN,** *apresentando.* – Minha guarda pessoal... Serviço de Contrassegurança... Belos rapazes, não são? *(Ante um sinal de Lupin, um dos dois primeiros agentes de polícia imobiliza o subchefe com a ajuda de tecidos velhos. Lupin pergunta ao outro:)* Ora, você não me reconheceu de cara?

**O AGENTE DE POLÍCIA.** – Não, chefe, eu sou novo e estava escuro... Além disso, segundo Caroline, a gente esperava...

**LUPIN.** – A barba ruiva, não é? Erro meu. *(Ele se volta para os cativos.)* E agora, a retirada! Espetáculo encantador! Se eu pudesse fazer um pequeno retrato! *(Tirando de seu bolso uma pequena* *máquina fotográfica e uma lâmpada de magnésio, foca o aparelho e, com a cabeça pendendo para o visor, diz:)* Que grupo maravilhoso...! Grande sucesso... Marescot, sem caretas... Agora sim, meu chapa, você parece pensativo... Dimbleval, uma risadinha... Bom, não se mexa mais... *Click*! Agora foi...! Uma foto instantânea para o jornal! *(Mas a porta se abre precipitadamente, e um agente uniformizado salta gritando:)* Polícia...! *(Então, debandada, alvoroço.)*

**LUPIN**, *muito calmo.* – Meia volta! Pela escada de modelos e sem bagunça! *(Os agentes se salvam. Tocam a campainha no vestíbulo.)* Vá lá abrir, Marescot...! *(Ele grita:)* Não entrem! Onde estão minhas coisas? Marescot, o que você fez com minhas tralhas? *(Tocam a campainha de novo.)* Um segundo, filho de um cão, vocês não vão querer agora que eu saia sem chapéu! Diga, então, você tem pelo menos um casaquinho? *(Ele acha um.)* Ah, aqui, obrigado! Não se preocupe... *(Pela porta dos modelos entra um dos cúmplices uniformizados.)* Chefe, o carro chegou!

**LUPIN**. – Estou indo. *(Ele faz uma saudação e sai. Os prisioneiros fazem esforço, desesperados para se livrar de suas cordas. Lupin volta como se tivesse esquecido alguma coisa, vai tranquilamente pegar o colar no bolso de Dimbleval.)* Agora que sei que ele não é mais seu, tenho menos escrúpulos. Veja, o que vem fácil vai embora fácil... comigo. *(Ele vai indo embora quando Marescot, que conseguiu soltar um de seus braços, saca o revólver-vaporizador de perfume que Lupin tinha lhe dado e atira, gritando:)* Tome, canalha!

**LUPIN**. – Ah, obrigado! Mais, mais! Adoro esse perfume. É o perfume de Caroline. Até logo! Senhor... sem ressentimentos, hein?

No fundo, gosto muito de você. *(Ele sai, o subchefe e Dimbleval se levantam, meio amarrados, meio amordaçados, gritam, correm, a estátua do Cupido é derrubada.)*

**DIMBLEVAL**, *agarrando o subchefe.* – Minha estátua! Meu Cupido! Imbecil! Desajeitado!

**CORTINA**[7]**.**

[7] Esta peça foi encenada em Paris, entre os dias 15 de setembro e 15 de outubro de 1911, no teatro *La Cigale*, e publicada em revista no mesmo ano. (N.T.)

# O RETORNO DE ARSÈNE LUPIN

## MAURICE LEBLANC E FRANCIS DE CROISSET

*Na casa de Georges Chandon-Géraud. Uma sala para fumar muito elegante. Livros, quadros, troféus de caça. Lembranças recentes de uma viagem à Índia (elefantes de bronze, Budas, etc.).*

### CENA I

*BRIZAILLES, O CRIADO*

**BRIZAILLES**, *entrando.* – Seu patrão voltou?

**ALBERT.** – Sim, senhor, o patrão voltou há oito dias.

**BRIZAILLES.** – Eu bem sei que seu patrão voltou há oito dias das Índias. Eu não lhe perguntei se ele voltou a Paris. Estou perguntando se ele voltou para casa.

**ALBERT.** – Ah, sim, senhor. O patrão está em casa. Quem devo anunciar?

**BRIZAILLES.** – O senhor de Brizailles, amigo dele. Pelo visto, o senhor é novo como criado, não?

**ALBERT.** – Sim, meu senhor, desde anteontem.

**BRIZAILLES.** – Ah, diga-me então se o senhor Chandon-Géraud está com o futuro sogro ou com a noiva, pois, se for o caso, não o incomode. Eu o verei logo mais. Vou almoçar aqui.

**ALBERT.** – O patrão está com um médico, meu senhor.

**BRIZAILLES.** – Um médico? Ele está doente então?

**ALBERT.** – Nessa noite, o patrão ficou atordoado.

**BRIZAILLES.** – Nada grave?

**ALBERT.** – Oh, não, senhor.

*(Ele sai.)*

## CENA II

*BRIZAILLES, depois GEORGES*

**BRIZAILLES.** – Vejamos... o que mudou aqui? Aqui, isso é novo! Muito bonito... um buda. (*Prestando atenção em uma fotografia.*) Ei, mas essa aqui é a pequena D'Avremesnil, a futura senhora Chandon-Géraud... Bom dia! A senhorita é muito charmosa... É de boa linhagem, filha de embaixador, dança muito bem. Eu mesmo já estive um pouco apaixonado pela senhorita. Vai se casar com um rapaz corajoso, um secretário de embaixada, boa nobreza republicana... nossa nobreza feita de hifens[8]... e além disso tão rico...! É verdade que eu estava apaixonado. Nós dançamos valsas juntos!

**GEORGES**, *entrando.* - Brizailles! O que você está fazendo aqui?

**BRIZAILLES.** - Eu estava flertando com sua noiva. Bem contente em vê-lo, meu velho, e eu o felicito.

**GEORGES.** - Sim, isso aconteceu lá, em Bombaim. Estou feliz. Estou muito feliz. Aliás, você a conhece.

**BRIZAILLES.** - Desde que nós tínhamos sete anos de idade.

**GEORGES.** - "Nós" é impressionante! Ela ainda tem todos os seus cabelos, obrigado, Deus! Mas me diga, não foi para me dizer que você não vem almoçar que o vejo tão cedo, não é?

**BRIZAILLES.** - Não. Estou ansioso para conversar com você. Há quinze meses que não o vejo. Você está com uma cara excelente. Não parece doente.

**GEORGES.** - Doente? Eu não estava doente.

**BRIZAILLES.** - Como? Você não estava agora mesmo com um médico?

**GEORGES.** - Ah, bom! Mas não, meu velho, eu não estava com um médico. É o secretário de Guerchard.

---

[8] Leblanc refere-se ao hábito de sua época de manter o nome de solteira das moças, conectando-os com um hífen ao nome do marido, e assim passá-los aos filhos, quando burgueses ricos se casavam com filhas de nobres famílias tradicionais, para que a linhagem antiga não se perdesse. Curiosamente, como ainda no século XXI as famílias francesas tendem a passar apenas o sobrenome da linha paterna, o uso do hífen se tornou hábito entre famílias progressistas e/ou feministas para garantir o não apagamento do sobrenome materno. No caso da personagem Georges Chandon-Géraud, pode-se presumir que, pela linhagem materna dos Chandon, Georges é de família nobre, enquanto pelo lado paterno dos Géraud descende de plebeus abastados. (N.T.)

**BRIZAILLES.** – De Guerchard, o inspetor do Serviço de Segurança? Será que por acaso você recebeu a visita de Arsène Lupin?

**GEORGES.** – Lupin não se dá ao trabalho por tão pouca coisa. Só me roubaram um anel... mas eu era apegado a ele. Imagine só...

*(O criado entra.)*

**ALBERT.** – Querem falar com o patrão ao telefone.

**GEORGES.** – É a senhorita D'Avremesnil?

**ALBERT.** – Não, meu senhor, é a governanta. Tem um recado para o patrão.

**GEORGES.** – Está certo. Você me dá licença? Alô! É a senhorita Kritchnoff? – Sim, sim, sou eu... eu mesmo... Sim, Germaine vai vir...? Sim, sim, eu espero, até logo, senhorita Kritchnoff! A governanta também é charmosa.

**BRIZAILLES.** – Evidentemente.

**GEORGES.** – Germaine e eu andamos juntos a cavalo nesta manhã... Mas já faz duas horas que não nos vemos. É muito!

**BRIZAILLES.** – A gente logo vê que vocês ainda não estão casados.

**GEORGES.** – Brizailles, o senhor é um grosso, meu caro. Alô, sim, sou eu... Está tudo bem... Sim, muito bem... Não está cansada demais pela cavalgada... Como...? Se eu vou mesmo jantar essa noite...? Aí está uma boa questão! Primeiro, irei tomar o chá... Como...? Sim... Ah, sim, eu amo você... Não, não posso, tem gente aqui.

**BRIZAILLES.** – Veja, meu velho, se eu estiver atrapalhando...

**GEORGES.** – Sim, é uma mulher, uma belíssima mulher. Eu vou lhe passar o telefone. Venha lhe dar um oi.

**BRIZAILLES,** *pegando as duas partes do aparelho e mudando sua voz.* – Quem está falando é alguém que tem uma queda pelo seu noivo, senhorita. *(Ele ri.)* Alô...! Quem sou eu? Jacques de Brizailles... Alô...! Se eu quero conduzir a dança dia 15...? Com prazer... Um baile branco[9]...? Com prazer... Eu a felicito, a senhorita sabe... a senhorita vai ser infeliz como as pedras... mas eu a felicito.

**GEORGES.** – Veja só você.

**BRIZAILLES.** – Isso me recorda a lembrança do senhor seu pai... Sim, irei tomar o chá amanhã... muito obrigado! *(Passando um dos receptores do telefone a Georges.)* Ela é encantadora.

*(Ele segura o outro receptor do aparelho.)*

**GEORGES.** – Alô...! Sim, sou eu. Um rapaz gentil, sim! Como? E a senhorita? Grande como o quê...? A senhorita é um anjo. *(Brizailles ri.)* Como? Faz favor de largar o receptor! Alô! Não, falei com o Brizailles... Não desligue, senhorita... Vai almoçar agora mesmo? Eu lhe telefonarei depois do almoço... Até logo... O quê? O *Matin*? O jornal *Matin*? Não, por quê? Uma carta de Lupin? Sobre o seu pai... Uma piada de mau gosto! Verei isso... Até logo mais... Ela é encantadora. *(Ele toca uma campainha.)* Bertaut, traga-me um exemplar do *Matin*... E *você* leu o *Matin*?

---

[9] Baile oferecido a jovens moças onde é exigido o uso de roupas brancas. (N.T.)

**BRIZAILLES.** – Não, mas li o *Écho* de Paris.

**BERTAUT.** – Há um cavalheiro querendo falar com o senhor.

**GEORGES.** – Quem será?

**BERTAUT.** – Senhor Henri Grécourt.

**GEORGES.** – Ah, mas eu logo imaginei.

**BRIZAILLES.** – Ele vai almoçar conosco?

**GEORGES.** – Sim. Você o conhece?

**BRIZAILLES.** – Intimamente.

**GEORGES.** – Nossa! Mas vocês não brigaram, não é?

**BRIZAILLES.** – De modo algum. Ele acaba de publicar um livro notável... imoral, mas notável.

**GEORGES.** – Entre, meu caro Grécourt. Estão acusando o senhor de imoralidade.

## CENA III

*Os mesmos, depois GRÉCOURT, FALOISE, BERGÈS*

**GRÉCOURT**, *entrando.* – É o senhor quem está me difamando, Brizailles?

**BRIZAILLES.** – Ao contrário. Eu o estou acusando de imoralidade. Estou lhe fazendo uma propaganda. Mas, enfim, seu livro *O furto através dos séculos* é a apologia do furto... o furto agora histórico.

**GEORGES**, *que tocou a campainha.* – Um aperitivo antes do almoço? Só vamos almoçar daqui a uma meia hora.

**GRÉCOURT.** – Eu não ia achar mal uma taça de porto.

**GEORGES**, *a Brizailles.* – E você?

**BRIZAILLES.** – Uísque e soda!

**BERTAUT**, *entrando.* – Aqui está o *Matin*, patrão.

**GEORGES.** – Obrigado. Traga um porto e um uísque.

**GRÉCOURT.** – Ah! Falando em jornais, digam-me, vocês leram o *Figaro*?

**GEORGES.** – Não. Por quê?

**GRÉCOURT.** – Há uma carta de Arsène Lupin.

**GEORGES.** – No *Figaro* também? Minha noiva acaba de me telefonar justamente dizendo que no *Matin*...

**GRÉCOURT.** – Mas então o senhor não leu o artigo? Ele diz respeito a seu futuro sogro. *(Ele saca o* Figaro *de seu bolso.)* A carta, aliás, é muito boa mesmo, nítida, insolente. Se Lupin não for um mito...

**BRIZAILLES**, *interrompendo-o.* – Lupin não existe. É a criação de algum fanfarrão.

**GEORGES.** – Toda brincadeira tem um fundo de verdade.

**GRÉCOURT.** – Se Lupin e suas proezas fossem reais, esse ladrão seria, dentre todos aqueles sobre os quais já estudei, o mais audacioso e o mais extraordinário... Aqui, leia a carta em voz alta... Terei prazer em escutá-lo.

**GEORGES**, *lendo.* – "Senhor Editor-Chefe... Há um ano..."

**BERTAUT**, *entrando.* – O senhor Jean de Faloise...

**FALOISE**, *entrando.* – Veja só, meu velho... Ah, bom dia, Brizailles. *(A Grécourt.)* Meu senhor...

**GEORGES.** – O barão Jean de Faloise, nosso aviador da força nacional... O senhor Henri Grécourt, nosso grande romancista.

**FALOISE.** – Nossa! Meu senhor, eu li o seu livro... impressionante! Mas falta um capítulo. O capítulo sobre Arsène Lupin. *(A Georges.)* Você leu o *Gaulois*? Por que vocês estão rindo?

**GEORGES.** – Eu ia ler justamente a carta de Arsène Lupin no *Matin*. Ela está também no *Gaulois*?

**FALOISE,** *tirando o* Gaulois *de seu bolso.* – Ela é formidável.

**OS TRÊS.** – "Senhor Editor-Chefe..."

**BRIZAILLES.** – Ah, não, vamos tirar na sorte.

**ALBERT,** *anunciando.* – O senhor Bergès.

**GEORGES.** – Ah, aqui está nosso esgrimista. Você não matou ninguém nesta manhã? Vocês se conhecem?

**TODOS.** – Sim, certamente.

**BERGÈS,** *a Faloise.* – Acho que já tive a honra de ser testemunha contra o senhor em um duelo.

**FALOISE.** – O senhor está se confundindo. Na verdade, o senhor me atingiu com um golpe de espada.

**BERGÈS.** – Nossa! Eu lhe peço desculpas!

**GEORGES,** *a Grécourt.* – E então, esse artigo? *(A Bergès.)* Parece que saiu um artigo sensacional hoje.

**BERGÈS.** – Ah, mas veja só! Eu tenho outro para lhes mostrar.

**TODOS.** – Ah! Qual?

**BERGÈS.** – No *Journal. (Tirando o* Journal *de seu bolso.)* Vocês não leram o *Journal*? Uma carta de Arsène Lupin. *(Ele lê.)* "Senhor Editor-Chefe..." *(Todos se entreolham.)* O que vocês têm?

**GRÉCOURT.** – Mas o que é isso? Então é uma circular?

**GEORGES.** – Grécourt, você que faz conferências. Leia isso para nós com sua bela voz.

*(Bertaut, o mordomo, traz os aperitivos.)*

**GEORGES.** – Veja, aqui está o copo d'água e aqui está o púlpito.

**BERTAUT.** – Perdão, patrão, o senhor não leu o *Petit Journal*?

**GEORGES.** – Não, por quê?

**BERTAUT.** – Há uma carta que fala sobre sua excelência, o futuro sogro do patrão. *(Começando a ler.)* "Senhor Editor-Chefe..."

*(Todos riem.)*

**GEORGES.** – Ah! senhor Bertaut, não!

**BERTAUT.** – Está bem, patrão.

*(Ele sai.)*

**FALOISE.** – É extraordinário, e estou certo de que a carta está também no *Gil Blas*, no *La Libre Parole*, no *Petit Parisien*, no *Comoedia*... que arrivista esse Lupin!

**GRÉCOURT.** – Posso ler?

**TODOS.** – Estamos ouvindo.

**GRÉCOURT,** *lendo*. – "Senhor Editor-Chefe. Tenha a gentileza de me desculpar pela extensão desta missiva, mas creio oportuno precisar alguns fatos. Aliás, mesmo essa ilusão sendo lisonjeira demais para mim, tenho a impressão de que minha prosa não será desagradável demais às suas leitoras." Como?

**GEORGES.** – Que canalha!

**GRÉCOURT**, *continuando.* – "... Aqui estão os fatos: tendo ficado sabendo, há pouco mais de um ano, que o senhor conde D'Avremesnil, encarregado de representar a França no Congresso de Bombaim, traria, ao fim de sua missão, um diadema, presente real do rajá ao presidente da República, fui tomado por um receio. Pois, de fato, nesse diadema, dizem, resplendem as mais maravilhosas esmeraldas que existem no mundo. Bastante preocupado..." "Preocupado" é uma obra-prima...!

**TODOS.** – Continue! Continue...!

**GRÉCOURT.** – "Bastante preocupado, escrevi ao presidente da República a seguinte carta: '*Senhor presidente, meu patriotismo tantas vezes colocado à prova...*" Isso aqui tem seu charme.

**GEORGES.** – Mas continue! Vai parecer que foi você quem escreveu o texto.

**TODOS.** – A carta.

**GRÉCOURT.** – "*...tantas vezes colocado à prova, apavora-se ante a ideia de que um diadema, destinado a figurar um dia no nosso Museu Nacional do Louvre, possa ser furtado da França...*"

**BRIZAILLES.** – Viva o exército.

**GRÉCOURT.** – "*Há apenas uma pessoa, nesses tempos de imoralidade desmesurada, que seja capaz de trazer ao senhor esse diadema em bom estado, e, com toda certeza, não é esse homem perfeitamente honesto, e ponto final. Citei o senhor conde D'Avremesnil.*"

*(Todos riem.)*

**GEORGES**, *levantando-se.* – Por favor. Isso não é engraçado. *(A Grécourt.)* Não, não ria, meu velho.

**GRÉCOURT.** – *"Se o senhor se recusar com uma opinião preconcebida, que se tornou obstinação, tome cuidado em prescindir de meus serviços, eu lhe provarei que não é possível se privar deles impunemente e me oferecerei esse diadema... o senhor sabe o que isso quer dizer... Queira ter a bondade de me responder em vinte e quatro horas, em meu endereço habitual: senhor Arsène Lupin. França."* Achei esse texto maravilhoso.

**GEORGES.** – Foi ele quem o escreveu!

**GRÉCOURT.** – "Como essa carta, paradoxalmente, permaneceu sem resposta, eu me vi forçado a endereçar ao presidente da República o seguinte bilhete: *'Senhor presidente, o senhor D'Avremesnil chegou a Paris, há oito dias. O senhor Balsan, secretário da embaixada, nesse momento portador do famoso diadema, chegará a Paris no dia 14 de março, às 6 horas da noite. Lamento lhe informar que no dia 14, à meia-noite, o diadema estará em minha posse. Não culpe mais ninguém além de si mesmo, pois há alguns meses eu o teria dado de bom grado em troca da medalha com a cruz da Legião de Honra, que creio ter merecido bem mais do que alguns costureiros, ou que outras pessoas de letras."*

**GEORGES.** – Isso é engraçado! Francamente isso é engraçado!

**GRÉCOURT**, *continuando.* – "*... outras pessoas de letras e diplomatas...*" Ele fala de diplomatas, meu caro.

**GEORGES.** – Sim, enfim, isso tudo é só alguém que quis ser desagradável com o pai da minha noiva.

**BRIZAILLES.** – Pois é, nunca existiu esse tal de Lupin.

**FALOISE.** – É só um boato difundido pela polícia, quando ela não sabe mais a qual santo recorrer.

**GEORGES.** – E isso faz a alegria dos bandidos. Quando Lupin aparece, as facas cantam.

**FALOISE.** – Deem-nos hoje nosso Lupin cotidiano.

**BRIZAILLES.** – Para mim, Lupin é como Jack, o estripador, como todos aqueles gigolôs, uma série de crimes a que o descaso da nossa República...

**BERGÈS.** – É isso aí!

**BRIZAILLES.** –...e a superstição das multidões atribuem o mesmo caráter lendário.

**TODOS.** – É isso.

**FALOISE.** – Por que você fica conduzindo danças? Você deveria ser orador.

**GRÉCOURT.** – Comparar Lupin a Jack, o estripador, é formidável!

**BERGÈS.** – Isso é mesmo. Lupin nunca assassinou ninguém.

**FALOISE.** – Ele nem mesmo matou alguém em um duelo.

**GEORGES.** – *Você* acredita na existência de Lupin...?

**GRÉCOURT.** – Sim, acredito. Ele anunciou que pegará o diadema, acho sua ameaça verdadeira. Ele anunciou que depois disso pegará *A Monalisa.*

**GEORGES.** – Hum...!

**FALOISE.** – É verdade... Eu li essa palhaçada nos jornais.

**GEORGES.** – *A Monalisa* do Museu do Louvre... E, ainda assim, você acredita em Lupin?

**GRÉCOURT.** – Sim.

**BRIZAILLES,** *declamando.* – Já eu creio em Lupin como eu creio em Deus...

**GEORGES.** – É seu papel. Ele acaba de escrever um livro sobre ladrões; Lupin lhe confere atualidade.

**GRÉCOURT.** – Então, deixe-me tranquilo... Vocês negariam a existência de Napoleão?

**FALOISE.** – Essa é boa!

**GRÉCOURT.** – Perfeitamente. É um princípio entre vocês! Assim que aparece um ser que saia um pouco do ordinário, que tem elegância, que seja melhor que vocês, ou vocês tiram sarro ou negam-lhe a existência. Vocês têm as almas frouxas, medíocres... estão podres de literatura... fedem a ceticismo... E, de saída, não acreditam em nada...

**GEORGES.** – E você?

**GRÉCOURT.** – Vocês não acreditam na guerra e ficam todos atônitos quando ela bate em suas portas, vocês não acreditam no amor... não acreditam no heroísmo... não acreditam nos verdadeiros duelos.

**BERGÈS.** – Ah, desculpe!

**GRÉCOURT.** – Enfim, vocês são pessoas inteligentes demais, refinadas demais, cultas demais, de modo que não compreendem mais nada de nossa época e negam esse produto sintético de nosso tempo, essa consequência, essa evidência, esse documento: Arsène Lupin!

**GEORGES.** – Mas afinal onde estão suas provas? Em que você fundamenta sua crença em Lupin?

**GRÉCOURT.** – Em seus atos, meu caro, nos atos que são atribuídos a ele, dos quais ele se vangloria e que a gente pode constatar… Há aí, como posso dizer… uma marca de fábrica, um procedimento novo e que lhe é próprio.

**BRIZAILLES.** – Ou melhor, uma falta de procedimentos.

**GRÉCOURT.** – Peguem cada uma de suas aventuras, peguem sua fuga da prisão Santé, peguem o caso Cahorn[10], vocês encontraram sempre uma certa maneira de agir, cujo segredo ainda não captei, mas que é como uma assinatura muito pessoal e totalmente inimitável.

**BERGÈS.** – Tem alguma verdade nisso…

**GRÉCOURT.** – É um tipo de pressão exercida sobre a vítima escolhida, todo um conjunto de cuidados preliminares…

**FALOISE.** – Sim, mas…

**GRÉCOURT.** – Uma aproximação progressiva do inimigo… blefes, propagandas, em suma, todo um sistema de combinações obscuras, distantes, emaranhadas, mas que, juntas, têm um caráter comum de vanglória calculada, de certeza pretenciosa e matemática… Vocês pediram minhas provas… aí estão elas. Além disso, vejam só, talvez, todos nós já o tenhamos conhecido… Não supunham que Lupin não era ninguém mais do que D'Arbelles?

**BERGÈS.** – D'Arbelles! Édouard d'Arbelles!

[10] Referência ao livro *Arsène Lupin, o ladrão de casaca* (1907), no qual são contadas diversas aventuras de Lupin, publicadas inicialmente no jornal *Je sais tout* entre 1905 e 1907. Dentre essas histórias, há uma na qual Lupin cumpre pena na prisão de La Santé e, mesmo assim, consegue arquitetar o roubo de várias obras de arte da residência do Barão de Cahorn. Ao fim, Lupin consegue ainda escapar da prisão. (N.T.)

**GRÉCOURT.** – Sim.

**GEORGES.** – D'Arbelles! Mas eu conheci D'Arbelles!

**FALOISE.** – Eu também. E é verdade que ele tinha má reputação. Ele teve sua admissão negada no Jóquei Clube.

**GRÉCOURT.** – Musset[11] também.

**BERGÈS.** – D'Arbelles! Não era aquele jovem rapaz, todo cheio de pompa? Um garoto bonito, muito pálido que se parecia com D'Andrésy?

**GRÉCOURT.** – Sim, havia entre eles uma semelhança extraordinária, e os dois se vestiam sempre na moda. Um belo dia, há quase dez anos, D'Arbelles evaporou. No dia seguinte, um mandato de busca foi apresentado contra ele... Perseguiram-no até a Austrália. E, no dia em que conseguiram colocar as mãos nele, perceberam que tinham prendido... adivinhem quem?

**BRIZAILLES.** – Afonso XIII[12].

**GRÉCOURT.** – Não. Foi D'Andrésy.

**GEORGES.** – Como?

**BERGÈS.** – O pobre D'Andrésy! Ele deve ter feito uma cara! Ele era muito ligado a D'Arbelles.

**GEORGES.** – Ah! Eles eram muito próximos?

**BRIZAILLES.** – Mas, afinal, o que foi feito dele?

---

[11] Alfred de Musset (1810-1857) foi um dos mais importantes poetas do Romantismo francês, cuja influência se fez fortemente sentir entre os escritores da geração ultrarromântica brasileira. (N.T.)

[12] Afonso XIII de Espanha (1886-1941) foi coroado em 1902 e reinou até 1931. Ou seja, ainda estava no poder na época em que se passa a presente peça. (N.T.)

**FALOISE.** – De quem? D'Arbelles ou D'Andrésy?

**BRIZAILLES.** – D'Andrésy. D'Arbelles não é interessante.

**GRÉCOURT.** – A menos que ele seja Lupin.

**FALOISE.** – D'Andrésy morreu, ao menos foi o que me disseram.

**BERGÈS.** – Para mim contaram que, depois de ter se infiltrado em um harém, ele roubou a mulher de um paxá!

**BRIZAILLES.** – Já para mim contaram que, caçando búfalos, ele encontrou um tigre e que foi de tétano que ele morreu. *(A Georges.)* Por que você está rindo?

**GRÉCOURT.** – Para mim garantiram que ele tinha descoberto uma mina de ouro. Soube por um amigo de sua família.

**FALOISE.** – Aliás, vai muito bem a família dele. D'Andrésy é o sobrinho do duque de Charmerace.

**BERGÈS.** – Sim, mas nenhuma fortuna. Inclusive ouso dizer que foi esta a causa de sua partida.

**BRIZAILLES.** – Ora já para mim contaram algo mais forte.

**TODOS.** – O quê?

**BRIZAILLES.** – Não me lembro mais, mas era aterrador.

**GRÉCOURT.** – Em todo caso, ele saiu de circulação. Um parisiense a menos... Ei, Georges, com tudo isso, a gente está morrendo de fome.

**TODOS.** – Sim.

**BRIZAILLES.** – E se a gente fosse para a mesa?

**GEORGES.** – Impossível! Estou esperando uma pessoa.

**GRÉCOURT.** – Quem?

**GEORGES.** – Ele não está arruinado, não roubou uma mulher turca, não pegou tétano com um tigre e geralmente é pontual.

**GRÉCOURT.** – Você está tirando uma da nossa cara?

**GEORGES.** – Eu o vi pela última vez no Tibete, há seis meses. E ele me disse: "virei almoçar na sua casa, na segunda-feira, no dia 1º de março, às quinze para uma".

**BRIZAILLES.** – Qual o nome do Judeu errante[13]?

**GEORGES.** – É meu melhor amigo.

**TODOS.** – Obrigado.

**GEORGES.** – Ou, ao menos, eu deveria ser o melhor amigo dele. Ele salvou a minha vida.

**TODOS.** – Quem é ele?

**GEORGES.** – Só que ele é tão misterioso, tão distraído...

**BRIZAILLES.** – Fale o nome desse bom samaritano, ou eu quebro esse vaso chinês.

**GEORGES.** – Ah, não, não o quebre. É D'Andrésy.

**BRIZAILLES.** – Nossa!

*(Ele deixa cair o vaso.)*

**GEORGES.** – Animal!

**BERGÈS.** – D'Andrésy! Então ele não está morto?

**GEORGES**, *recolhendo os cacos.* – Um vaso único.

[13] Referência à lenda de um judeu misterioso que teria sido conterrâneo de Jesus e que, imortal, ainda perambularia pelo mundo, na surdina, esperando a volta do Cristo. (N.T.)

**GRÉCOURT.** – E ele vem almoçar?

**BRIZAILLES.** – E ele salvou a sua vida?

**GRÉCOURT.** – Conte-nos a história.

**GEORGES.** – Vocês não acreditariam nela. Estando em Paris, fica parecendo idiota.

**TODOS.** – Claro que não…

**GEORGES.** – Além disso, essa história me é desagradável… Vocês sabem que não sou covarde… e, no entanto, nunca tive tanto medo assim.

**FALOISE.** – Você atiçou nossa curiosidade.

**GEORGES.** – Já que vocês insistem, lá vamos nós! Saibam que a meio caminho entre Menasson e Calcutá se encontra um tempo sagrado cuja entrada, perigosa para europeus, é proibida às mulheres. Ali trabalham sacerdotes fanáticos, cujo chefe religioso não é ninguém menos, ao que parece, que o Dalai Lama de Lassa.

**BRIZAILLES.** – Ah, não, meu velho, nada de geografia. Fica confuso e é um saco.

**GEORGES.** – Que seja. Mas o que preciso lhes dizer é que contam a propósito desse templo lendas das mais abomináveis, sobre suplícios, sacrifícios humanos, torturas…

**FALOISE.** – Agência Cook[14]. Dois francos a entrada.

**GEORGES.** – Você é idiota. Esse lugar existe.

**GRÉCOURT.** – Sim, existe.

[14] Referência à pioneira agência de viagens de Thomas Cook, criada em 1841. (N.T.)

**GEORGES.** – E nossas imaginações estavam tão superestimuladas por aquelas histórias que nos contava D'Andrésy – D'Andrésy a quem havíamos conhecido três dias antes – que uma noite, sem o prevenir, eu peguei a estrada para o templo acompanhado de minha noiva e da senhorita Kritchnoff.

**BERGÈS.** – É idiota levar mulheres em um caso como esse.

**GEORGES.** – Perdão, foram elas que insistiram. Por mim, iria sozinho. No mais, vestidas como eu com largas roupas de flanela, elas pareciam jovens rapazes. A expedição começou bem. Por volta das seis horas da noite, depois de termos atravessado um país pitoresco, que o pôr do sol...

**BRIZAILLES.** – Ai, que tédio!

**GEORGES.** – Eu sou incapaz de lhes contar nessas condições...

**GRÉCOURT,** *a Brizailles.* – Pois é, então, fique calado. Conte como você quiser.

**GEORGES.** – Enfim, nós chegamos ao templo. A porta estava entreaberta, nós nos esgueiramos por ela... Imaginem uma luz leitosa... uma sombra azulada... E entre os perfumes de rosas e incensos, um odor atroz, sufocante... Em certo momento, tivemos a ideia de refazer nosso caminho, mas o altar lá no fundo atraía-nos, um altar de mármore branco e preto... um altar funerário diante do qual havia três sacerdotes... dois dos quais cantarolavam em voz baixa... Um terceiro estava inclinado sobre alguma coisa que não podíamos ver, sobre alguma coisa que estava viva, que estava... dolorosamente viva. Bruscamente, um grito, um grito abominável, o grito de alguém que é degolado... E permanecemos lá, trêmulos de horror, a senhorita Kritchnoff ao meu lado, a senhorita D'Avremesnil a alguns passos... separados uns dos outros por vários brâmanes, que, brancos como fantasmas, acabavam de entrar um de cada vez. Atrozmente agoniado, eu queria criar uma passagem para mim. Impossível! Insistia violentamente e já procurava meu revólver, quando mãos se agarraram a meu braço e uma mordaça fechou minha boca. A senhorita D'Avremesnil deu um grito, e tive uma premonição horrível, aterradora, de que a estavam levando até o altar, no qual seria a vítima escolhida, e onde iriam sacrificá-la...

**BERGÈS.** – Mas isso é odioso!

**TODOS.** – Mas e então?

**GEORGES.** – E então, no fundo do santuário, uma pequena porta se abriu. Alguém entrou. Reconheci D'Andrésy. Ele se aproximou do altar, olhou fixamente para os miseráveis que rodeavam a senhorita D'Avremesnil e fez um gesto. Nada de mais. Nenhuma palavra. Senti que as mãos me soltavam. A mordaça caiu de minha boca. O santuário se esvaziou. Alguns segundos depois, estávamos a sós, nós três, diante de D'Andrésy.

**BERGÈS.** – Que drama!

**BRIZAILLES.** – É o conde de Monte Cristo[15] esse seu D'Andrésy.

**GEORGES.** – Vocês estão brincando! Nunca esquecerei o minuto de pavor que passei ali... e também nunca esquecerei. E isso é ainda mais estranho. Nunca esquecerei também a sensação imediata de paz e de certeza que experimentei ao ver D'Andrésy aparecer no limiar da porta e avançar sem pressa...

**GRÉCOURT.** – Que teatro! Que teatro!

---

[15] Célebre personagem de Alexandre Dumas (1802-1870), cujas desventuras em busca de vingança são publicadas em 1844, em um livro que recebe seu nome. (N.T.)

**GEORGES.** – Que seja, mas onde estavam as cortinas? E qual seria o objetivo daquela encenação? E aquela autoridade sobre os sacerdotes, de onde vinha?

**BERGÈS.** – Mas qual explicação *ele* mesmo deu para você sobre isso?

**GEORGES.** – Nenhuma. Ele sorriu... com seu sorriso indefinido e me disse "Vocês não entenderiam", e acrescentou: "Além disso, formariam sobre mim uma falsa impressão".

**GRÉCOURT.** – Mas afinal, o que *você* sentiu em relação a D'Andrésy?

**GEORGES.** – Eu não sei... Ele salvou a minha vida... Ele salvou a vida daquela que amo... Devo-lhe uma gratidão profunda, e, no entanto...

**GRÉCOURT.** – Ele preocupa você?

**GEORGES.** – Sim... não... é um sentimento... Como posso dizer...? Um sentimento de simpatia e, ao mesmo tempo, de mal-estar... O sentimento de que se trata de um ser especial, diferente demais de todos nós. Ele vê, adivinha coisas que ninguém no mundo veria nem adivinharia. Há alguma coisa de faquir naquele homem.

**BRIZAILLES.** – Ele lê a borra do café?

**GEORGES.** – Vejam... roubaram-me um anel, ontem à noite, um anel que me era caro. Chamei aqui o secretário de Guerchard. Ele nada encontrou, naturalmente. E, no entanto, estou certo de que ao cabo de cinco minutos D'Andrésy me dirá onde ele está.

**FALOISE.** – Vamos ver, então!

**BRIZAILLES.** – Eu daria cem soldos para ver isso.

**GEORGES.** – E, depois, nossa! É uma pessoa que me impressiona, porque eu sinto que ele é superior, sim, superior pelas fontes das quais dispõe, pelos segredos com os quais as domina. E, apesar de tudo isso, uma pessoa cujo encanto autoritário enfrentei; um ser de sedução... sim, você o chamou assim, Brizailles: conde de Monte Cristo... O conde de Monte Cristo deve ter produzido esse efeito em Albert de Morcerf.

**BRIZAILLES.** – Puxa vida! Em seu lugar eu não me sentiria mais tranquilo assim.

**FALOISE.** – Quanto a mim, minha opinião é de que você teve um pesadelo. O que o senhor acha, Grécourt?

**GRÉCOURT.** – Pois bem, quanto a mim, meus senhores, tenho uma opinião bem diferente. Aceito Lupin, mas não vou ao ponto de crer no conde de Monte Cristo. Confesse que você teve aí um devaneio, meu caro Georges. Você não andou lendo *O conde de Monte Cristo* por esses dias?

**GEORGES.** – Você só pode estar brincando. Por quê?

**GRÉCOURT.** – Porque a situação é a mesma. Você não tem *O conde de Monte Cristo* aqui?

**GEORGES.** – Tenho *(indicando uma prateleira na biblioteca).* Adoro Dumas.

**GRÉCOURT.** – Pois então! Escute, meu velho *(procurando o livro).* Tomo III. Albert de Morcert, feito prisioneiro em Roma por bandidos italianos, é misteriosamente salvo pelo conde de Monte Cristo, como você por D'Andrésy. Também como você,

Morcerf convida Monte Cristo até sua casa, para almoçar às dez e meia.

**BRIZAILLES.** – Um pouco cedo.

**GRÉCOURT.** – Como Morcerf, você convida ao almoço um dândi, alguns *bon-vivants.*

**BRIZAILLES,** *designando Grécourt.* – Um homem de letras que está na moda.

**GRÉCOURT.** – E como Morcerf... mas vejam, vou ler: "– Zombem, zombem o tanto que quiserem, meus senhores – diz Morcerf, um pouco mordido. – Quando eu o olho, vocês, parisienses, habituados à boa vida, aos passeios pelo Bosque de Boulogne[16], e então eu me lembro daquele homem, pois bem, parece-me então que nós não somos da mesma espécie. – Estou lisonjeado – diz Beauchamp ou Brizailles. – Mesmo assim – acrescenta Château-Renaud ou Faloise –, seu conde de Monte Cristo só é um homem galanteador em suas horas vagas, exceto, no entanto, por seus pequenos negócios com os bandidos italianos. – Ei, não há bandidos italianos – diz Debray ou Grécourt. – Nem Monte Cristo – acrescenta Beauchamp. – Veja, caro amigo, eis que soam dez horas e meia. Confesse que o senhor teve um pesadelo e vamos almoçar – diz Beauchamp. Mas a vibração do pêndulo nem se tinha ainda extinguido quando a porta se abriu e Germain anunciou: Sua Excelência..."

**BERTAUT.** – O senhor conde D'Andrésy!

---

16 Grande parque, que fica nos limites de Paris, próximo à região onde habitam as pessoas mais abastadas da capital francesa. (N.T.)

## CENA IV

*Os mesmos, D'ANDRÉSY.*

*(Movimento. Todo mundo se levanta.)*

**D'ANDRÉSY.** – Meu caro Georges, acho que fui pontual. Nós havíamos marcado um encontro há seis meses no dia primeiro de março às quinze para a uma... E, veja só, são quinze para a uma... Confesse que o senhor me considera o conde de Monte Cristo!

**GEORGES.** – Eu não lhes dizia que ele é um adivinho? Estávamos falando disso.

**D'ANDRÉSY.** – Eu estava certo disso... pois, afinal, cheguei a tempo de entregar meu sobretudo ao fiel Bertaut...

**GEORGES.** – Como?

**D'ANDRÉSY.** – O quê?

**GEORGES.** – O senhor o chama de "fiel Bertaut"... O senhor o conhece, então?

**D'ANDRÉSY.** – Naturalmente... Na casa de sua pobre mãe... há dez anos... Mas o senhor está esquecendo seus deveres de anfitrião, meu caro Georges. Serei obrigado a eu mesmo me apresentar. *(Após um segundo de hesitação.)* Senhor Grécourt, não é?

**GRÉCOURT.** – Sim, meu senhor...

**D'ANDRÉSY.** – Seu livro *O furto através dos séculos* é uma obra... Há nele páginas notáveis... Veja, as páginas 17, 18 e 19 são, a meu ver, definitivas.

**GRÉCOURT.** – Ah, meu senhor... como fico feliz em escutar dizer isso... São as páginas que tenho a fraqueza de preferir... E o senhor é o primeiro leitor a destacá-las para mim...

**GEORGES.** – Senhor Bergès...

**D'ANDRÉSY.** – Oh, mas conheço o senhor... Tive a honra de lutar contra o senhor... Estávamos na mesma sala, na casa de Roulland.

**GRÉCOURT.** – O senhor deve estar confundindo... Eu nunca frequentei a casa de Roulland.

**D'ANDRÉSY.** – Na academia de esgrima Círculo d'Anjou, então?

**GRÉCOURT.** – Ah, sim... e parece-me, de fato...

**D'ANDRÉSY.** – Não é?

**GEORGES.** – O senhor conhece o barão Jean de Faloise?

**D'ANDRÉSY.** – Creio que sim. Um camarada dos meus círculos! O senhor se lembra do ciclame nos tempos heroicos da bicicleta?

**FALOISE.** – Nossa, é verdade...! Mas não posso acreditar...

**D'ANDRÉSY.** – O senhor não me reconhece... E o senhor também não, meu caro Brizailles...! Pelo visto, o senhor se esqueceu da última dança que conduzimos juntos na casa da duquesa d'Étampes, não é?

**BRIZAILLES.** – Não mesmo... não mesmo... mas eu não guardei suas feições...

**D'ANDRÉSY.** – Que pena...! O senhor acaba de me confirmar a implacável acusação de meu espelho. Pois eu envelheci tanto...

**BRIZAILLES.** – Ao contrário, é que...

**D'ANDRÉSY.** – O quê então?

**BRIZAILLES.** – O senhor rejuvenesceu...

**FALOISE.** – É verdade!

**D'ANDRÉSY.** – Nossa!

**BRIZAILLES.** – Mas, agora, estou reconhecendo seu olhar, seus gestos... o D'Andrésy de outrora... Como vai, meu velho?

**D'ANDRÉSY.** – Vou muito bem... E o senhor?

**BRIZAILLES.** – Nós já fizemos festas juntos! Fico feliz em revê-lo... velho amigo...

**BERTAUT.** – Patrão, o almoço está servido.

**TODOS.** – Ah!

**BRIZAILLES,** *a Georges.* – Ah, não... o anel.

**GRÉCOURT.** – Pois é... o anel.

**D'ANDRÉSY.** – Qual anel?

**BRIZAILLES,** *a D'Andrésy.* – Ora veja, meu velho, parece que... a gente não tinha formalidades, não é?[17]

**D'ANDRÉSY.** – Menos ainda agora.

**BRIZAILLES.** – Parece que você tem dons de adivinho... E que você se tornou feiticeiro...

**GEORGES.** – É uma piada, meu caro D'Andrésy... mas um anel desaparecera de minha casa, e eu aventava, agora há pouco, que, em vez de ter-me dirigido a Guerchard, teria feito melhor em lhe pedir conselho.

---

[17] Na cultura francesa, costuma-se tratar todo mundo formalmente e, quando já há intimidade e amizade suficientes, uma das pessoas pode pedir licença para começarem a se tratar de forma mais coloquial. Note-se que, nessa cena, a maior parte dos amigos se chama de "senhor", e Georges chama a própria noiva de "senhorita". (N.T.)

**BRIZAILLES.** – Ele me afirmou que em cinco minutos você reencontraria o anel.

**GEORGES.** – Sim, tive a fraqueza...

**D'ANDRÉSY.** – Cinco minutos... podemos ver...

**TODOS.** – Nossa!

**D'ANDRÉSY.** – Quando o anel desapareceu de sua casa?

**GEORGES.** – Não sei. Ontem à tarde, às quatro horas, ele ainda estava sobre a lareira de meus aposentos e, à meia-noite, quando voltei, não estava mais lá.

**D'ANDRÉSY.** – Quem poderia entrar nesse cômodo?

**GEORGES.** – Meus criados. Não desconfio de ninguém.

**D'ANDRÉSY.** – O anel tem alguma singularidade? Seria ele, por exemplo... muito fino...?

**GEORGES.** – Mas, diabos, como o senhor sabe disso?

**D'ANDRÉSY.** – O rapaz que me abriu a porta, esse jovem valete, trabalha aqui já faz muito tempo?

**GEORGES.** – Não. Faz oito dias, mas recebi as melhores recomendações sobre ele.

**D'ANDRÉSY.** – Quando ele entrou a seu serviço, ele já usava esse grande anel de cobre no dedo médio da mão direita?

**GEORGES.** – Ele usa um anel no dedo médio da mão direita...? Eu nunca tinha notado isso.

**D'ANDRÉSY.** – Chame seu valete sob um pretexto qualquer. Ah, um momento... O senhor vai me dar sua palavra de que, se eu lhe devolver seu anel, o culpado poderá sair daqui sem ser incomodado...?

**GEORGES.** – Dou minha palavra… mas…

**D'ANDRÉSY.** – Pelo afeto que tenho pelo senhor, posso lhe prestar esse pequeno serviço. Mas não sou nem um delator nem um justiceiro. Aliás, esse é, inclusive, um ofício que me repugnaria um pouco.

**GEORGES**, *tocando a campainha.* – Então, o senhor acredita que Albert… esse rapaz, cujas recomendações… Enfim… *(Entra Albert.)* Albert, eu, sim… Telefone então à garagem… É isso… Peça o carro para as três horas.

**ALBERT.** – Está bem, patrão.

**D'ANDRÉSY**, *a Albert, com um cigarro na boca.* – Estou procurando… estou procurando… meus fósforos…

**ALBERT.** – Aqui, senhor…

*(Albert risca um fósforo e o oferece a D'Andrésy.)*

**D'ANDRÉSY**, *a Albert.* – Puxa, então o senhor esteve no Camboja?

**ALBERT.** – Eu, meu senhor?

**D'ANDRÉSY.** – Esse grande anel de cobre que está em seu dedo… há apenas uma aldeia que o fabrica e que usa esses anéis.

**ALBERT.** – De fato, foi um camarada…

**D'ANDRÉSY.** – Deixe-me ver, então…

*(Ele estende a mão. A outra recua.*
*D'Andrésy pega seu braço bruscamente.)*

**ALBERT.** – Ei, o que foi? O que o senhor quer de mim?

*(Faloise, Georges, Bergès se aproximam.)*

**D'ANDRÉSY.** – Por favor.

**BRIZAILLES,** *baixinho.* – D'Andrésy vai acabar apanhando.

**D'ANDRÉSY,** *a Albert.* – Este anel…

**ALBERT.** – Mas…

**D'ANDRÉSY,** *pegando Albert pelo colarinho. Este se debate e cai. D'Andrésy se apodera do anel e, sempre mantendo Albert de joelhos, abre o anel e tira outro de dentro dele. A Georges.* – É este anel aqui?

**GEORGES.** – Oh… sim…

**D'ANDRÉSY,** *a Albert.* – O senhor é um miserável, meu rapaz, mas, só desta vez, o senhor se safou. Vá ser pego em outro lugar. *(Baixinho.)* Eu não machuquei você?

**ALBERT.** – Não, patrão.

**BERTAUT,** *entrando e vendo Albert se levantar.* – Nossa!

**GEORGES,** *a Bertaut.* – Eu despedi Albert. Diga a Jean para subir com ele e revistar sua mala.

**BERTAUT.** – Nossa!

**GEORGES.** – Depois disso, pode servir o almoço.

*(Bertaut sai.)*

**FALOISE.** – Eu nem estou mais com fome.

**BRIZAILLES.** – Escute, você não se saiu mal.

**GEORGES.** – Enfim, vamos almoçar… Ah, puxa vida, minha nossa!

**TODOS.** – O que foi? O que aconteceu agora?

**GEORGES,** *pegando uma caixinha.* – Minha pérola! Desde que esse cretino não me tenha surrupiado… Ah, se ele me roubou essa pérola… Ah, não, ela está aqui…

**D'ANDRÉSY.** – Uma pérola?

**GEORGES.** – Sim, esta aqui… Eu a comprei ontem… Minha noiva gostou dela… então tive medo de que esse cretino… Será um lindo pingente, não é mesmo…?

**D'ANDRÉSY.** – Ela é maravilhosa.

**BERTAUT.** – Patrão, o almoço está servido.

**GEORGES.** – Albert já foi embora?

**BERTAUT.** – Sim, patrão. Ele nem mesmo subiu para fazer sua mala. Foi embora sem mais delongas.

**GEORGES.** – Já foi tarde. À mesa, meus senhores. *(A D'Andrésy.)* E, lembre-se, Hubert, mais uma vez, obrigado.

**D'ANDRÉSY.** – Não há de quê!

## CENA V

*GERMAINE, SONIA*

**GERMAINE,** *entrando e falando com alguém nas coxias.* – Não avise o seu patrão que estou aqui, não o avise…! *(A Sonia.)* Isso é muito divertido. A senhorita pode entrar; eles estão todos à mesa.

**SONIA.** – Sim. Se o senhor embaixador ficar sabendo dessa nossa invasão, ele ficará furioso.

**GERMAINE.** – Senhorita, papai nunca fica furioso. Ele é tranquilo. O que pode acontecer de pior é que ele fique infinitamente descontente. A senhorita sabe que é a primeira vez que vou à casa de um rapaz.

**SONIA.** – Assim espero.

**GERMAINE.** – O quê? Que idiotice! Por que uma noiva não teria o direito de ir à casa de seu noivo e fuçar em tudo? Está tudo arrumadinho, não é...? Georges mantém tudo em ordem.

*(Ela empurra uma pilha de livros.)*

**SONIA.** – Ele mantém tudo em ordem. Mas se a senhorita continuar...

**GERMAINE.** – Eu queria ver quem Georges convidou para o almoço. Ah, se ele convidou uma mulher, por exemplo... Estou certa de que a sala de jantar é aqui. Vou entreabrir a porta sem que me escutem.

**SONIA.** – Não fazendo assim.

**GERMAINE.** – Como?

**SONIA.** – A senhorita vai fazer a madeira ranger... Levante o trinco antes de abrir.

**GERMAINE.** – É verdade...! Ah, estou vendo... Nossa!

**SONIA.** – O que foi?

**GERMAINE.** – Um chapéu de mulher… Miserável! Ah, não! É só um cesto de flores.

**SONIA.** – A senhorita me diverte muito…

*(Ela olha os livros e a biblioteca.)*

**GERMAINE.** – Estou vendo Brizailles… Estou vendo Faloise… Ah, ali está Georges… Como eles estão prestando atenção… O que eles estão escutando assim…? Nossa!

**SONIA.** – O que foi agora?

**GERMAINE.** – A senhorita não imagina! Nem em um milhão de anos! Adivinhe quem está ali.

**SONIA.** – Quem?

**GERMAINE.** – Alguém por quem a senhorita tem uma queda.

**SONIA.** – Até parece!

**GERMAINE.** – Seu paquera de Calcutá… O senhor que ao mesmo tempo a senhorita admira e que a irrita.

**SONIA.** – O senhor D'Andrésy!

**GERMAINE.** – Veja só!

**SONIA.** – É verdade!

**GERMAINE.** – Ah, a senhorita ficou vermelha.

**SONIA.** – De novo essa brincadeira.

**GERMAINE.** – A senhorita ficou vermelha e está ficando vermelha de novo.

**SONIA.** – Tome cuidado… eles vão escutá-la.

**GERMAINE.** – Sim.

*(Ela se mexe para fechar a porta.)*

**SONIA.** – Levante o trinco.

**GERMAINE.** – Sim… *(Ela fecha a porta novamente.)* Isso a deixou abalada, hein?

**SONIA.** – Isso o quê?

**GERMAINE.** – Rever o senhor D'Andrésy. Confesse que ele é bem seu tipo.

**SONIA.** – Senhorita, que modos de falar os seus…

**GERMAINE.** – Vocês dois estavam muito engraçados juntos em Bombaim… Particularmente, acho que ele tem uma queda pela senhorita…

**SONIA.** – O senhor D'Andrésy tem coisa melhor a fazer do que se interessar por uma pobre garota como eu…

**GERMAINE.** – É porque a senhorita é bonita.

**SONIA.** – Não sou.

**GERMAINE.** – É, sim… muito bonita. Além disso, caprichosa, feroz. Diana! O apelido que D'Andrésy lhe deu é bem preciso… Diana…!

**SONIA.** – Vamos… Vamos ver…

**GERMAINE.** – Não…? Talvez a senhorita não seja feroz, não é?

**SONIA.** – Tenho horror a galanteios e a banalidades, eis tudo.

**GERMAINE.** – Veja só! Isso aqui está fechado à chave.

**SONIA.** – O que a senhorita está fazendo?

**GERMAINE.** – Está fechado à chave... Bem gostaria de ver o que há aqui dentro. Deve ter algumas cartas. Comprometedoras...

**SONIA.** – Esta seria uma razão para não olhar.

**GERMAINE.** – Georges me falou de um pequeno móvel em marchetaria, onde ele guarda todos os seus segredos. Dê-me alguma coisa para abrir a fechadura.

**SONIA.** – Como? A senhorita quer...

**GERMAINE.** – Venha aqui. A senhorita conhece um monte de truques. E é tão habilidosa com as mãos!

**SONIA.** – Não quero ser testemunha do que a senhorita vai fazer; acho sua atitude...

**GERMAINE.** – Que saco, senhorita... Vamos...!

*(Ela derruba uma estátua.)*

**SONIA.** – É bem feito. E devem tê-la escutado.

**GERMAINE.** – Mas a gaveta está aberta. *(A porta se abre.)* Nossa!

*(Ela esconde o pacote atrás das costas.)*

**GEORGES**, *entrando.* – A senhorita...! *(Falando com alguém nas coxias.)* Desculpe-me, já me junto a vocês. Um segundo. *(A Germaine.)* A senhorita aqui! *(Vendo a gaveta aberta.)* E... O que significa isso?

**SONIA.** – Sim, senhor Georges, veja só o que ela estava fazendo.

**GEORGES.** – Germaine, a senhorita não está envergonhada?

**GERMAINE.** – Não.

**GEORGES.** – Ao menos, a senhorita não pegou nada, não é?

**GERMAINE.** – Nada.

**GEORGES.** – Como nada? *(Ele olha.)* Germaine, devolva-me minhas cartas.

**GERMAINE.** – Mas nunca na vida! De quem são elas?

**GEORGES.** – De ninguém... de um amigo... Entregue-as para mim.

**GERMAINE.** – Se são de um amigo, eu posso olhar.

**GEORGES.** – Não.

**GERMAINE.** – Então, são de uma mulher.

**GEORGES.** – Germaine, a senhorita é insuportável.

**GERMAINE.** – O senhor me ama? Sim ou não?

**SONIA.** – Senhorita Germaine...

**GERMAINE.** – Oh! Sonia! Não se meta em brigas de casal. Vá fuçar a biblioteca. Os livros é que são assunto seu. *(A Georges.)* De quem são estas cartas?

**GEORGES.** – Germaine, isso é um absurdo!

**GERMAINE.** – Então, o senhor ainda guarda cartas de mulher mesmo estando noivo?

**GEORGES.** – Pois, sim, elas... são cartas de uma mulher.

**GERMAINE.** – Oh! Isso é demais!

**GEORGES,** *perseguindo-a.* – Germaine!

**GERMAINE.** – Ah, eu quero ver... Nossa...!

**GEORGES.** – A senhorita está passando dos limites agora.

**GERMAINE.** – Elas são minhas... mas só tem cartas que...

**GEORGES.** – Germaine, não, isso não, não.

**GERMAINE.** – Um de meus lenços... uma fita... uma pena de meu leque...

**GEORGES.** – Na minha situação... Um diplomata...

**GERMAINE,** *a Sonia.* – Adivinhe o que havia aqui dentro, senhorita.

**GEORGES.** – Eu não quero, Germaine.

**GERMAINE.** – Nossa! Mas como é orgulhoso esse homem! O senhor não me ama, Georges.

**GEORGES.** – E a senhorita?

**GERMAINE.** – Eu também não.

**GEORGES.** – Então, venha me dar um beijo.

**GERMAINE.** – Nossa, na frente da Sonia!

**GEORGES.** – Ela está fuçando a biblioteca.

*(Eles se beijam.)*

**GERMAINE.** – O senhor vem lanchar mais tarde?

**GEORGES.** – A senhorita não merece.

**GERMAINE.** – Ora, vamos! Eu lhe fiz uma cena e nós nem nos casamos ainda... O senhor deve estar radiante... Pois então, eu o devolvo aos seus convidados. Ah, e não diga a papai que eu estive aqui.

**GEORGES.** – Ele ficaria infinitamente descontente, não?

**GERMAINE.** – Com certeza! E não é o momento. Ele está em tal estado de nervos!

**GEORGES.** – Hã? Aquela brincadeira, a carta de Arsène Lupin, o afetou?

**GERMAINE.** – Ah, não por isso. Papai não acredita em Lupin; ele é desconfiado de tudo!

**GEORGES.** – Ele passou isso para a filha.

**GERMAINE.** – Certamente. *(A Sonia.)* Vamos levantar acampamento, senhorita.

**SONIA.** – Como assim?

**GERMAINE.** – Dar no pé, ir embora, enfim, ora, vamos nos mandar daqui. Afinal, o que lhes ensinam na Rússia?

**SONIA**, *que subiu em uma cadeira e pegou um livro.* – O senhor permite que eu pegue um livro emprestado, senhor Georges...?

**GEORGES.** – Claro que sim. Qual?

**SONIA.** – É um livro traduzido do inglês: *Da superioridade das mulheres virgens sobre todos os homens e até mesmo sobre as outras mulheres.*

**GERMAINE.** – O senhor acredita nisso? Que papelão...! Ah, e faça-me um favor, o senhor vai me dar sua palavra de honra...

**GEORGES.** – A propósito de quê?

**GERMAINE.** – Não diga a nenhum dos seus convidados que eu estive aqui. No fundo, não convém que saibam.

**GEORGES.** – Entendido.

**GERMAINE.** – Nem mesmo ao belo D'Andrésy. O senhor sabe que Sonia é louca por ele.

**SONIA.** – Senhorita...

**GERMAINE.** – A senhorita morreria por ele. *(Empurrando-a.) Good by you...!*

**GEORGES.** – *Good by you!*

*(Elas saem, conduzidas por Georges.)*

## CENA VI

*BERGÈS, D'ANDRÉSY, FALOISE, GRÉCOURT, BRIZAILLES*

**BERGÈS.** – Ora, vamos, mas então vocês acreditavam mesmo que poderiam obter isso de mim...?

**D'ANDRÉSY.** – Que o presidente da República assista ao seu duelo de honra? Mas isso é o menor dos problemas. Deixe comigo.

**BERGÈS.** – É mesmo? Nosso grupo de esgrima é muito recente, entende? Isso lhe daria uma consagração... Eu lhe agradeço... e em nome de todos os meus colegas. Mas então o senhor conhece o presidente da República?

**D'ANDRÉSY.** – Não frequento o Eliseu[18]. É bagunçado demais. Mas, enfim, eu me dou bem o bastante com o governo. Aliás, senhor Grécourt, se o senhor estiver pensando no Prêmio Nobel...

**FALOISE.** – Ele só pensa nisso. A gente tem essas obsessões. É ridículo. Também *eu*, confesso que a Legião de Honra...

[18] O Palácio do Eliseu, localizado em Paris, é a residência oficial do presidente da república francesa. (N.T.)

**D'ANDRÉSY.** – O Prêmio Nobel... na Suécia? Senhor Grécourt, não é impossível...

**GRÉCOURT.** – Está falando sério?

**D'ANDRÉSY.** – Vou escrever esta noite mesmo ao conde de... Sichy...

**GRÉCOURT.** – Vejamos então...!

**D'ANDRÉSY.** – Conte comigo... *(A Faloise.)* E quanto ao senhor... *(Mexendo numa casa de botão.)* Considere a questão resolvida.

**FALOISE.** – Não. A Legião de Honra...? O senhor poderia dar um jeito nisso para mim? Ah, meu caro, eu lhe agradeço... É ridículo que eu me importe com isso, confesso a vocês, mas lhe agradeço.

**BRIZAILLES.** – Mas então, meu velho?

**D'ANDRÉSY.** – O quê?

**BRIZAILLES.** – Não percebeu que eu não pedi nada a você? Todos os outros estão aí, do seu lado, porque você tem influência. Mas, enfim, eles não o conhecem tanto quanto eu. A gente se trata por "você"... Somos dois velhos amigos. Enfim, não tenho nada a pedir a você, não é?

**D'ANDRÉSY.** – Não, nada.

**BRIZAILLES.** – Pois então, mas aí está, meu velho, no meu caso é uma tabacaria.

**D'ANDRÉSY.** – Quê? Você quer uma tabacaria?

**BRIZAILLES.** – Sim. Há essa moça que apareceu em uma revista onde interpretava a senhora de Maintenon[19]. No próximo ano,

[19] Françoise d'Aubigné (1683-1715), mais conhecida como marquesa de Maintenon, foi uma consorte do mais célebre dos reis franceses, Luís XIV, com quem se casou secretamente e sobre quem exercia forte influência, tendo sido uma das mulheres mais poderosas de seu tempo. (N.T.)

ela tem um trabalho na revista *Novidades*. Então, entenda, é para a mãe dela[20].

**D'ANDRÉSY.** – Isso é mais difícil. Ela não se contentaria com um cargo de *concierge*?

**BRIZAILLES.** – Ah, não, meu velho, um cargo de *concierge* para a mãe dela! Qualquer coisa que você quiser, menos isso.

**D'ANDRÉSY.** – Por quê?

**BRIZAILLES.** – Porque a mãe dela já é *concierge*.

**D'ANDRÉSY.** – Ah! Pois bem, vou ver isso... Você vai trazê-la para vir falar comigo?

**BRIZAILLES.** – A mãe...?

**D'ANDRÉSY.** – Ah, não... A filha.

**BRIZAILLES.** – Obrigado, meu velho... Você é um cara incrível.

**GEORGES**, *retornando.* – Ah, vocês saíram da mesa?

**GRÉCOURT.** – Mas, então, é uma pessoa formidável, sabe...

**GEORGES.** – Quem?

**TODOS.** – Ah, refinado... encantador...! D'Andrésy? É um cara formidável.

**BERTAUT**, *entrando.* – Patrão, é o joalheiro.

**GEORGES.** – O joalheiro?

**BERTAUT.** – Ele disse que é para fazer uma incrustação.

---

[20] Brizailles fala por meias palavras, então só podemos depreender qual seria seu pedido. Ao que parece, a mãe da jovem em questão – jovem que, possivelmente, é um interesse amoroso de Brizailles – deseja uma tabacaria – local onde também se vendem revistas e jornais –, pois sua filha trabalha como modelo de revistas. (N.T.)

**GEORGES.** – Ah, sim, a pérola, é para o presente que darei à minha noiva... Se vocês me permitem. *(Ele pega a caixinha e a abre.)* Aqui está! E agora isso, é mais importante do que tudo... Mas não é possível.

**TODOS.** – O quê? O que houve?

**GEORGES.** – Não olhei direito... Não, ela não está aqui.

**TODOS.** – O quê?

**GEORGES.** – A pérola!

**TODOS.** – A pérola?

**GEORGES.** – Vocês bem viram, eu lhes mostrei agora há pouco. Estava aqui. E, no entanto, não está mais!

**BRIZAILLES.** – Ora vamos!

**D'ANDRÉSY.** – O senhor está dizendo... o senhor está dizendo que a pérola que estava aqui agora há pouco não está mais?

**GEORGES.** – Sim.

**D'ANDRÉSY,** *com segurança.* – Não.

**GEORGES.** – Pois sim!

**D'ANDRÉSY.** – Não... O senhor está enganado. Isso é totalmente inadmissível.

**GEORGES.** – Sim, mas foi o que aconteceu... Veja por si mesmo.

**D'ANDRÉSY.** – Eu... Ora, como assim...? *(Ele olha ao redor de si.)* Ah, mas isso...

**GEORGES.** – O senhor suspeita de alguém?

**D'ANDRÉSY.** – Ah, não, desta vez não suspeito de mais ninguém. Mas essa situação vai ser difícil.

**GEORGES.** – Ah, sim, enfim, vai ser difícil. *(A Bertaut.)* Sim, o senhor não entrou nesse cômodo... estava servindo à mesa. *(Chamando.)* Joseph! *(Ele lhe fala baixinho.)*

**JOSEPH.** – O patrão precisa apenas telefonar à senhorita. Eu nem mesmo saí de perto da porta.

**GEORGES.** – Está bem. Aliás, eu acredito no senhor. *(A Bertaut.)* Dispense o joalheiro.

**D'ANDRÉSY.** – É bem simples. É preciso revistar todos nós.

**TODOS,** *assim como Georges.* – Oh!

**D'ANDRÉSY.** – Ora! Somente um de nós poderia ter pego essa pérola. *(Movimento.)* Agora há pouco, enquanto almoçávamos, quem o senhor veio encontrar nesse cômodo?

**GEORGES.** – Ninguém... eu...

**D'ANDRÉSY.** – Pois sim. Diga, certo?

**TODOS.** – Sim, diga.

**GEORGES.** – Não... pessoas da minha família... meu irmão... meu primo...

**D'ANDRÉSY.** – Sim, seu irmão eu conheço, mas seu primo...

**GEORGES.** – Ah, meu caro...

**D'ANDRÉSY.** – Ora... Somente nos resta desconfiar de nós mesmos... Podemos bem acabar dizendo mais do que deveríamos.

**GEORGES.** – Meus amigos, não insistam. É um infortúnio... mas não se morre disso... Enfim, admito, é muito desagradável... e é só isso...

**BRIZAILLES.** – Ah, mas não, faço questão que me revistem... Faço absolutamente questão disso...

*(Ele tira sua jaqueta.)*

**GRÉCOURT.** – Também eu... escrevi um livro sobre ladrões... Não é difícil concluírem que sou cleptomaníaco por causa disso! Ah, só que não sou!

**GEORGES.** – Por favor... Basta, vocês estão me insultando extremamente.

**D'ANDRÉSY.** – Georges tem razão, meus senhores, vocês são amigos dele, familiares na casa... Já *eu* sou um estranho. Deixem-me a sós com Georges.

**GEORGES.** – O senhor está louco, D'Andrésy!

**BRIZAILLES.** – Sendo assim, peço que revistem o Georges também.

**FALOISE.** – Ainda mais que ele bem poderia ter colocado a pérola no próprio bolso por engano.

**GEORGES.** – Veja só! Não havia pensando nisso. É que na verdade... Nossa!

**TODOS.** – O quê?

**GEORGES.** – No forro do casaco... mas eu a... eu a guardei...

**TODOS.** – Ah!

**GEORGES.** – Mas sim... Eu a tinha guardado... Peguem... sintam...

**D'ANDRÉSY.** – É verdade.

**BERGÈS.** – Ah, não se deve fazer piadas como essa com as pessoas.

**GEORGES.** – Eu lhes peço perdão. Sinto muito. Foi uma situação ridícula e exasperante.

**TODOS.** – Não foi. Não tem problema algum.

**BRIZAILLES.** – Mas então, meu velho, prefiro que tenha sido assim... Embora a gente confie nos amigos, perder uma pérola assim... Alguma dúvida sempre permanece...

**GEORGES.** – Vou mandar descosturar o forro do meu casaco... Como? Vocês já estão indo?

**BERGÈS.** – Sim, tenho um duelo de esgrima.

**FALOISE.** – Já eu tenho uma reunião com um grupo de amigos.

**GRÉCOURT.** – Já eu vou à Câmara.

**BRIZAILLES.** – Ficou um clima chato.

**GEORGES.** – Pois bem, a gente se verá de novo mais tarde? Vocês vão à "União"?

**TODOS.** – Sim, sim.

**GEORGES.** – Pois bem, até logo.

**TODOS.** – Sim, até daqui a pouco... *(Cordialmente.)* Adeus, senhor D'Andrésy...!

## CENA VII

*GEORGES, D'ANDRÉSY*

**GEORGES**, *após tê-los acompanhado e voltado à cena.* – Muito desagradável... Eles parecem ter ficado irritados comigo e... muito desagradável... Enfim, a pérola foi reencontrada... O senhor não está indo também, não é mesmo?

**D'ANDRÉSY.** – Não, não... O senhor não tem nada para fazer?

**GEORGES.** – Nada mesmo.

**D'ANDRÉSY.** – Não vai mandar descosturar o forro do seu casaco?

**GEORGES.** – Não... Outra hora...

**D'ANDRÉSY.** – Sim... E, aliás, por que o faria?

**GEORGES.** – Sim, não é? Minha pérola está aqui... Ela está no meu bolso...

**D'ANDRÉSY.** – Não vão pegá-la do senhor uma segunda vez.

**GEORGES**, *com um sorriso forçado.* – Pois é.

**D'ANDRÉSY.** – Afinal, para o senhor daria no mesmo.

**GEORGES.** – Por que está me dizendo isso?

**D'ANDRÉSY.** – Porque a pérola não está em seu bolso.

**GEORGES.** – Como...? Mas...

**D'ANDRÉSY.** – Não, ela não está... Isso que senti tateando era oval, e sua pérola é redonda... Inclusive, se fosse uma pastilha para tosse, não me espantaria.

**GEORGES.** – Mas então, sim... aqui.

**D'ANDRÉSY.** – O senhor é um rapaz muito gentil, meu caro Georges... Um de seus amigos é um ladrão... A menos que este seja uma das duas pessoas de sua família...

**GEORGES.** – Ah, sobre isso...

**D'ANDRÉSY.** – Então, um de seus amigos... E o senhor encontrou esse pequeno subterfúgio... O senhor é um rapaz muito gentil.

**GEORGES.** – Quem poderia ser? Por que teriam feito isso? Nenhum deles tem dívidas. Eles não jogam... Não pode ter sido Bertaut; ele estava servindo a mesa... Tampouco Joseph... Ninguém mais entrou... Mas isso não tem muita importância... E, no entanto, de repente... estou... estou desamparado...

**D'ANDRÉSY.** – É idiota dizer que está desamparado. É preciso saber quem foi... Não deve ser difícil... Vejamos... esse primo... O senhor confia mesmo em seu primo?

**GEORGES.** – Meu primo? Ah, sim, com certeza! Ele tem nossa total confiança!

**D'ANDRÉSY.** – Perdão?

**GEORGES.** – Sim. Enfim, não tenho por que duvidar dele...

**D'ANDRÉSY.** – Como estava colocada a caixinha quando o senhor nos mostrou a pérola?

**GEORGES.** – Eu não sei... Assim...

**D'ANDRÉSY.** – Quando o senhor entrou no cômodo, onde se encontrava o seu primo?

**GEORGES.** – Meu primo...? Pois bem, minha... é... meu irmão estava aqui... junto à mesinha... Ele estava me contando uma piada...

**D'ANDRÉSY.** – Uma piada?

**GEORGES.** – Sim, uma piada... E meu primo... meu primo estava ali, perto da biblioteca...

**D'ANDRÉSY.** – Ah...! Tem poeira na sua biblioteca...?

**GEORGES.** – Sim, desde que se abra a janela. No entanto, espanaram-na nesta manhã...

**D'ANDRÉSY.** – Uma empregada, então?

**GEORGES.** – Não, por quê? Foi o valete.

**D'ANDRÉSY.** – Mas me diga, seu primo é bem pequeno?

**GEORGES.** – De estatura mediana… Ah, está bem, vou ficar muito aliviado em lhe contar para que não insista ainda mais: não era nem meu irmão nem meu primo. Era minha noiva… com a senhorita Kritchnoff.

**D'ANDRÉSY.** – Com…? Com… Ah, sim…!

**GEORGES.** – Sim, então compreenda e não insista mais.

**D'ANDRÉSY.** – Com certeza… A senhorita Kritchnoff…

**GEORGES.** – Como?

**D'ANDRÉSY.** – Nada. Ela vai bem?

**GEORGES.** – Sim, obrigado. Não diga nada a ninguém sobre isso, OK? Uma noiva não faz visitas à casa de um rapaz… Eu tinha prometido a ela não dizer nada. Não fale disso com ninguém!

**D'ANDRÉSY.** – Não, aliás, assim é melhor para o senhor, pois a ideia de que, durante seu noivado, o senhor estava recebendo mulheres e que as escondia…

**GEORGES.** – Mulheres? Mas eu não lhe tinha dito nada… Eu lhe tinha dito que eram meu irmão e meu primo.

**D'ANDRÉSY.** – Sim, mas a verdade saltava aos olhos. Essa é a marca dos dedos de mulheres… *(Ele mostra a estante da biblioteca.)* Além disso, quando entramos, senti esse perfume de rosa branca e de violetas… Na mesma hora, entendi que o senhor estava brincando.

**GEORGES.** – Ah!

*(Ele o observa.)*

**D'ANDRÉSY.** – Na mesma hora. Depois, essa pequena pluma de echarpe... vi que era uma mulher e inclusive uma mulher muito elegante. Ela pegou um livro seu também.

**GEORGES.** – Que detetive maravilhoso o senhor seria...! Eu emprestei o livro a ela.

**D'ANDRÉSY.** – Aliás, é um livro inglês, e o nome do autor começa com C.

**GEORGES.** – Como?

**D'ANDRÉSY.** – Ora! Não foi nada de mais; estava na sua categoria de livros ingleses e na letra C.

**GEORGES.** – Justo.

**D'ANDRÉSY.** – Eu lhe dizia que ela era pequena, porque para alcançar o livro ela precisou subir sobre essa cadeira.

**GEORGES.** – Como o senhor sabe?

**D'ANDRÉSY.** – Porque a marca do pé ficou na almofada.

**GEORGES.** – Ah, sim.

**D'ANDRÉSY.** – Ah, foi curioso... foi divertido.

**GEORGES.** – E o senhor soube tudo isso assim que entrou no cômodo?

**D'ANDRÉSY.** – Meu Deus, eu não sabia, porque isso não me interessava. Mas, no momento que tudo isso apresentou um interesse para o senhor, dei uma olhada ao redor e percebi tudo.

**BERTAUT,** *entrando.* – Estão chamando o patrão ao telefone, da parte do senhor Guerchard.

**D'ANDRÉSY.** – Já?

**GEORGES.** – Oh, é sobre o caso do anel. *(Ele atende o telefone.)* Alô...! Sim... O próprio senhor Guerchard...? Ah, estou confuso, senhor Guerchard. Por causa do anel...? Sim.

**D'ANDRÉSY.** – O senhor se lembra do que me prometeu...?

**GEORGES.** – Sim, sim. *(Ao telefone.)* Pois então, senhor Inspetor, eu o encontrei. Sim, estava no chão, sobre o tapete... Como...? O senhor quer me ver...? Para falar de Arsène Lupin? A história do diadema...? Alô... Meu futuro sogro...? Sim, estou na minha casa... Não desligue, telefonista... O senhor levou isso a sério...? Quem está em Paris...? Lupin...? Ele está em Paris...? Não, o senhor não vai me incomodar, de modo algum...

**D'ANDRÉSY.** – Não vou segurá-lo mais muito tempo.

**GEORGES,** *ao telefone.* – Em quarenta e cinco minutos, perfeito! Até logo, senhor inspetor. *(Desligando o aparelho.)* Isso é inesperado, eis que estou no meio de um romance de folhetim.

**D'ANDRÉSY.** – Por que diz que está no meio de um romance de folhetim? É a vida cotidiana. Há pessoas ricas, que desejam permanecer ricas, e pessoas pobres, que desejam se tornar ricas.

Nunca estão todos de acordo quanto à escolha dos meios... Que história é essa do diadema? Tudo o que soube foi pelos jornais.

**GEORGES.** – Então, o senhor sabe tanto sobre isso quanto eu.

*(Georges caminha pelo cômodo e acende um cigarro.)*

**D'ANDRÉSY.** – O que o senhor tem?

**GEORGES.** – Eu não sei... Nada, não... A brusquidão de tudo isso... o desconforto... Desde esta manhã, foi como se nada tivesse acontecido por acaso... o anel... essa história estúpida de Lupin... e agora essa pérola... e, sobretudo, a ideia de que um dos meus amigos... Gostaria que o senhor compreendesse que é sobretudo a ideia de que um de meus amigos... Sim, sobretudo isso...

**D'ANDRÉSY.** – Sim, sim...

**GEORGES.** – Gostaria de não pensar mais nisso... mas penso mesmo sem querer... Estou um pouco nervoso.

**D'ANDRÉSY.** – Não se desculpe; é algo natural. O senhor foi pego pela desconfiança. Talvez seja isso o que há de mais perturbador. Pois a suspeita, que é, ao mesmo tempo, uma mistura de curiosidade fervorosa e de temor de ficar sabendo mais do que deveria, com frequência é um dos estados de sensibilidade que mais dificilmente podemos suportar. Nesses momentos, parece que mais nada é certo; tudo adquire um aspecto de insegurança. As pessoas lhe parecem hostis; você fica sem chão. Sim, meu caro, há na desconfiança alguma coisa de pérfido, de angustiante e de vertiginoso... Ah, esses são momentos apaixonantes para um psicólogo... É interessante.

**GEORGES.** – Para os outros... Pois, quando ela pesa sobre uma pessoa de quem gostamos, que estimamos, nada é mais atroz do que a desconfiança.

**D'ANDRÉSY.** – Sim, a certeza é mais atroz.

**GEORGES.** – Não... não quando amamos as pessoas; quando amamos, somos parciais. Os inimigos são bastante parciais conosco, para que sejamos parciais com os amigos. Dizer isso é uma banalidade, mas com frequência amamos os amigos mais pelos seus defeitos do que por suas qualidades... E, veja, devo ter um amigo, que deve ser um ladrão, e que virá me contar tudo, um amigo que eu teria razões para amar de verdade, que poderia ter me prestado serviços que nos ligam à vida e à morte, como o senhor, por exemplo... E, no entanto...! Passado o primeiro momento de estupor, de horror, eu sentiria um grande alívio, estender-lhe-ia a mão... Sim, eu lhe estenderia a mão... A desconfiança, veja o senhor, é que é intolerável.

**D'ANDRÉSY,** *levantando-se e colocando suas luvas.* – A única coisa intolerável é a prova.

**GEORGES.** – Está indo embora?

**D'ANDRÉSY.** – O senhor não está esperando Guerchard?

**GEORGES.** – O senhor não o quer encontrar?

**D'ANDRÉSY,** *depois de um tempo, observando-o.* – Georges!

**GEORGES.** – Pois bem, sim! E, no entanto, sim, é absurdo, é odioso, é ofensivo, é mesmo abominável. Não tenho razões, não tenho nenhum motivo que justifique esse pensamento atroz... mas também eu... de repente, não sei por quê, tive uma dessas intuições agora há pouco... D'Andrésy, há no senhor uma alma enigmática, obscura, alguma coisa de inquietante, algo que não entendo... Além disso...

**D'ANDRÉSY.** – Diga... De que o senhor tem medo?

**GEORGES.** – Além disso, eu não sei de onde o senhor vem... Tudo a seu respeito é misterioso... Nosso próprio encontro, o episódio do templo... Além disso...

**D'ANDRÉSY.** – Diga.

**GEORGES.** – Dizer... É que estou procurando as palavras... Enfim, é uma coisa besta... O senhor vai achar absurdo... E, depois, Lupin, não é... Lupin... pois bem... Lupin... a gente o imagina sob o aspecto de um homem jovem, elegante, polido... A lembrança de D'Arbelles, uma pessoa inquietante, distante, talvez como o senhor... um pouco como o senhor... é engraçado, não é...? O senhor vai rir... Ah, o senhor não vai rir...?

**D'ANDRÉSY.** – Não.

**GEORGES.** – Não vai rir?

**D'ANDRÉSY.** – Não.

**GEORGES.** – D'Andrésy?

**D'ANDRÉSY.** – O quê?

**GEORGES.** – D'Andrésy, não é possível, é?

**D'ANDRÉSY.** – Sim.

**GEORGES.** – D'Andrésy, o senhor me faz concluir... O senhor está rindo... O senhor é então...?

**D'ANDRÉSY.** – Diga logo; isso está queimando seus lábios.

**GEORGES.** – O senhor é Arsène Lupin?

**D'ANDRÉSY.** – Sim.

**GEORGES.** – Nossa!

**D'ANDRÉSY.** – Pois bem, a mão... *(Um tempo.)* Seu alívio me parece estar demorando para vir... Vejamos, eu fui franco... Eu lhe disse o que nunca disse a ninguém, que sou um ladrão, e que ladrão...! Mas eu salvei a sua vida e o livrei de uma desconfiança... Então, a mão...

**GEORGES**, *estendendo a mão.* – Pois é! Sim!

**D'ANDRÉSY**, *estupefato.* – Então é verdade.

**GEORGES**, *a mão ainda estendida.* – Sim... Eu lhe devo a vida. É o mínimo... Enquanto lhe digo adeus...

**D'ANDRÉSY**, *à parte.* – Ora essa!

**GEORGES**, *a mão ainda estendida.* – Pois então, aqui está. *(A D'Andrésy, que está morrendo de rir.)* O que deu no senhor?

**D'ANDRÉSY.** – O senhor tem uma vitalidade...! É admirável...! Teria apertado a minha mão... e teria acreditado... pois o senhor acreditou...

**GEORGES.** – Como?

**D'ANDRÉSY.** – Foi maravilhoso! É preciso dizer que fui formidável, mas foi maravilhoso... Ah, meu pobre Georges... *(Ele se vira.)* Meu pobre Georges!

**GEORGES.** – Isso não é engraçado!

**D'ANDRÉSY.** – E ele está irritado... Ah, quando eu contar isso na União...

**GEORGES.** – Ah, mas não, é inútil...

**D'ANDRÉSY.** – Eu vou me dar ao trabalho... É engraçado demais... ter podido me passar por Arsène Lupin...! E o senhor quer que eu não conte isso...

**GEORGES.** – Fui idiota!

**D'ANDRÉSY.** – Não foi. O senhor tem um coração de ouro. É um homem fantástico. E, depois, o senhor acredita em tudo, o senhor se interrompe, continua, o senhor foi feito para ser colocado em uma vitrine...

**GEORGES.** – Feito para ser internado, isso sim!

**D'ANDRÉSY.** – É a mesma coisa. Ah, essa é boa! E depois aquela frase a propósito de Guerchard: "O senhor não o quer encontrar?" Em toda a minha vida... poderia viver mil anos... em toda a minha vida me lembrarei de sua entonação... E há pessoas que se queixam de que a vida é triste... Ah, eles não o viram agora há pouco... "O senhor não o quer encontrar?"

**GEORGES.** – Sim, sou ridículo... eu bem sei... O senhor está rindo... mas está rindo de um jeito... Está bravo comigo...

**D'ANDRÉSY.** – Eu?

**GEORGES.** – Sim, é totalmente natural, o senhor estaria em seu direito... Eu não sei... uma desconfiança tão ofensiva... O senhor estaria no direito de me dar as costas... de me enviar testemunhas para um duelo... de... Enfim, o senhor teria todo o direito... seria bem feito.

**D'ANDRÉSY.** – Oh!

**GEORGES.** – Sim, bem feito! Ah, não estou com sorte hoje... e perdi sua amizade.

**D'ANDRÉSY,** *colocando a mão sobre o ombro do outro.* – Imbecil!

**GEORGES.** – Como?

**D'ANDRÉSY.** – Você quer que a gente deixe a formalidade de lado?

**GEORGES.** – D'Andrésy!

**D'ANDRÉSY.** – Só hoje que eu sinto amizade por você, só hoje que eu o estimo e que você me agrada.

**GEORGES.** – Você... o senhor... você está zombando de mim?

**D'ANDRÉSY.** – Pareço estar? Como você, Chandon-Géraud, bisneto do convencional filho de Jérôme Chandon-Géraud, embro do Instituto, como você, o diplomata um pouco esnobe, burguês de essência e de tradição, criado no terror do escândalo, no horror do roubo, na repugnância de tudo o que não é digno, virtuoso, tradicional, como você, Georges Chandon-Géraud, enfim...! Como você descobre, crê saber que um de seus amigos é um bandido, o último e o primeiro dos bandidos, e você o ama tanto, como você tem por ele tanta simpatia instintiva, uma afeição irracional para perdoá-lo, para desculpá-lo... para fazer esse gesto inesperado de lhe apertar a mão?! Ah, meu caro Georges, você me deve a vida... mas tem cinco minutos que nós estamos quites.

**GEORGES.** – Você está tirando uma da minha cara.

**D'ANDRÉSY.** – Um pouco.

**GEORGES.** – Confesse que você fez de propósito. Você se divertiu me pressionando, mantendo-me no limite... parecendo bravo e debochado. Aliás, você se diverte com esse tipo de blefe.

**D'ANDRÉSY.** – Meu Deus, sim, de fato isso me diverte... mas, veja, você não está contente?

**GEORGES.** – Sim.

**D'ANDRÉSY.** – Não sente que somente agora nós somos de fato amigos?

**GEORGES.** – Sim.

**D'ANDRÉSY.** – Não está sentindo, como eu, uma nova impressão, robusta, saudável, o sentimento de que, daqui para a frente, poderemos contar um com o outro, para sempre?

**GEORGES.** – Você tem razão. E diga: o que você vai fazer nesta noite?

**D'ANDRÉSY.** – Nesta noite? Nada de específico.

**GEORGES.** – Pois, então, eu o levarei comigo para jantar na casa do meu sogro. *(Gesto de recusa de D'Andrésy.)* Sim, sim, eu o levo comigo. Você sabe como ele é... O jovem D'Andrésy que você foi há alguns anos, antes de sua partida, tinha-o escandalizado um pouco... Você tinha feito bobagens com algumas mulheres, tinha se exibido um pouco. Nas Índias, não havia como eu o apresentar ao pai da minha noiva... Mas, agora, fica tudo por minha conta. Você vai comigo... Sim, sim, faço questão.

**D'ANDRÉSY.** – Que seja. *(Sorrindo.)* Então, desta vez, a mão?

**GEORGES.** – Ah, meu velho... e de todo o meu coração.

**D'ANDRÉSY**, *entre dentes.* – Pobre cretino.

**BERTAUT**, *entrando.* – É o senhor Guerchard.

*(D'Andrésy ri.)*

**GEORGES.** – Ah, não, não ria, não me faça passar papel de ridículo na frente dele. *(A Bertaut.)* Mande-o entrar. *(A D'Andrésy.)* Não, não ria mais, meu velho.

**D'ANDRÉSY.** – Veja, correto como um patife.

## CENA VIII

*Os mesmos, depois GUERCHARD.*

*(Guerchard entra.)*

**GEORGES.** – Senhor inspetor, estou confuso por o senhor mesmo ter-se dado ao trabalho. Enfim, se for para me falar do caso do diadema... *(A D'Andrésy.)* Você, sem dúvida, o conhece, não? Senhor Guerchard, inspetor do Serviço de Segurança... O senhor conde D'Andrésy.

**GUERCHARD.** – Ah, meu senhor, eu contava justamente ir à sua casa.

**D'ANDRÉSY.** – Ah!

**GUERCHARD.** – Sim, por causa daquilo que mandou seu secretário me pedir. Era claro demais. O sobrinho do duque de Charnacé! O filho do conde D'Andrésy, o antigo embaixador!

Sempre tive a mais excelente e lisonjeira das relações com sua família. Então, eu ia levar até lá... mas, já que tenho a honra de encontrá-lo, aqui está... *(Ele lhe entrega um envelope.)*

**D'ANDRÉSY.** – Fico à sua disposição, senhor Guerchard. O senhor me deu a ocasião de lhe agradecer em viva voz, o que eu não teria deixado de fazer por escrito se não tivesse tido aqui o prazer de apertar a sua mão. Até logo, eu espero.

**GUERCHARD.** – Senhor conde...

**GEORGES**, *conduzindo D'Andrésy até a porta.* – Mas veja... venha me encontrar para o jantar... Aliás, o que Guerchard entregou para você?

**D'ANDRÉSY.** – Uma carta de passe livre[21]!

*(Ele sai.)*

**CORTINA[22-23].**

[21] Documento expedido por autoridades que permite a certas pessoas passe livre em determinados lugares e eventos, sem necessidade de filas. (N.T.)

[22] Esta peça foi originalmente publicada no jornal *Je sais tout*, em Paris, em duas partes, entre setembro e outubro de 1920. (N.T.)

[23] Muita coisa fica subentendida nesta peça, mas podem ser explicadas ante a leitura de outras aventuras de Arsène Lupin. Esta peça, publicada em 1920, originalmente fora um ato cortado de outra peça em quatro atos, nomeada *Arsène Lupin*, também assinada por Maurice Leblanc e Francis de Croisset e publicada em 1908, na qual mais elementos da trama são desenvolvidos. Já no livro *As confissões de Arsène Lupin* (1913), ficamos sabendo que, afinal, Sonia Kritchnoff era todo o tempo sua cúmplice, o que explica melhor algumas passagens desta peça. (N.T.)